愛しているはずがない

Kazuya Nakahara
中原一也

CHARADE BUNKO

Illustration

奈良千春

CONTENTS

1

音もなく獲物に忍び寄る黒豹《くろひょう》のように、それは現れた。ＢＭＷ。7シリーズ。

指先が凍るような冷たい雨が降る中、路地裏のゴミ箱の横でタバコを灰にしながら雨宿りをしていた湯月亨《ゆづきとおる》は、それを黙って見ていた。

少し伸びすぎた前髪の間から覗《のぞ》く瞳《ひとみ》の色は日本人にしては薄く、肌の色も男のそれにしては白い。軍払い下げのモッズコートの中で、細身の躰《からだ》が泳いでいる。歳《とし》は二十二で顔立ちはよく、実際の年齢より若く見えることもあるが、逆の時もあった。その瞳には、どこか達観した色も浮かんでいる。

助手席から降りてきた男が傘を差して後部座席のドアを開けているのを見て、車の持ち主がどんな類《たぐ》いの人間なのか、湯月はすぐに察した。

（ヤクザか……）

あんな連中とは関わらないほうがいい——そう思うが、馴染《なじ》みすぎていた夜の街の空気がそうさせるのか、素直にこの場所を去る気にはなれず、黒いスーツを着た犬どもの主《あるじ》がどんな男なのか確かめたくなり、半分ほど吸ったタバコをさらに灰にしていった。雨の中、まるで何かを察したかのように一際明るく光る、オレンジ色の蛍。

　降りてきたのは、まさに『危険』だった。

　自分の吐く紫煙の向こうにそれを見た瞬間、湯月は息をするのも忘れてその姿に魅入っていた。その場に立っただけで、周りの空気を自分のものに染めてしまう。そんな印象の男だった。

　黒髪を軽く撫《な》でつけただけの、ナチュラルなオールバック。長身で股下は長く、三つ揃《ぞろ》いのスーツは仕立てがよさそうだ。武装の下に隠された肉体美を思わせるシルエットは、痩《や》せているだけの若造でしかない湯月に、憧憬《しょうけい》と嫉妬《しっと》の念を抱かせた。肩ではなく、胸板でスーツを着こなすことのできる日本人はそう多くはない。

　生まれつき手にしているものが確かにあると、思わせる立ち姿だ。

　けれども、ただ美しく着飾った紳士ではなかった。そこにある美には、それを賛美する者すら破滅させるような闇《やみ》を感じた。油断すると、すぐに引きずり込まれてしまう。昏い池の底を思わせる瞳は静かだが、同時に野性の獣のような鋭さも感じる。

　関わってはいけないものだと、直感した。上手く立ち回って生きてきた湯月は、この男に関わった途端、自分がいけない領域に足を踏み入れるだろうと強く感じた。

　人生で一瞬すれ違うだけの相手に、なぜそこまでの畏怖を抱かなければならないのかと思うが、それほど男が纏《まと》う空気があまりにも普通と違っていたのだろう。

こんなことは、初めてだ。

「おい、そこを退《ど》け」

近寄ってきた犬が、小さく吠《ほ》えた。『危険』に気を取られ、舎弟らしき男が自分に近づいてきていることすら気づかなかったことに驚き、大した反応もできないまま相手を見る。

「退けって言ってんだよ」

その視線が自分の背後に向けられたのに気づいて振り返り、ここが店の裏口にほど近い場所だったことを悟った。人一人座っていたところで通行には問題ないが、得体の知れない人間を近づけてはいけないほどの人物なのだろう。退けば雨に直接打たれてあっという間にずぶ濡《ぬ》れになるが、ヤクザ相手に喧嘩《けんか》を売るほど愚かじゃない。

湯月は、無言で雨の中に身を乗り出した。咥《くわ》えたタバコはすぐに濡れ、火種がジリ、と音を立てる。雨に打たれながら『危険』の足元に目をやった。磨き上げられた靴を見て、雨に打たれるのは、自分のほうだと納得した。野良猫のようにずぶ濡れになって夜の街を徘徊《はいかい》するのは、自分のほうだと……。

その時、殺気のようなものを感じた。闇に蠢《うごめ》く憎悪。路地の向こうから、人影がすごい勢いで近づいてくる。

「――死ねぇぇぇええ……っ！」

男が自分の横を走り抜けようとする瞬間、湯月は足を軽く前に出した。無意識だった。血走った目の男は派手に転んだが、すぐに立ち上がって向かっていく。

「なんだゴラァ！」

「誰だてめぇ！」

黒スーツたちが、すごい勢いで男にタックルする。アスファルトの上を勢いよく滑っていったのは、拳銃《けんじゅう》だった。黒い鉄の塊は水たまりの中で雨に打たれ、黒スーツたちは襲撃犯に暴行を加え始める。その様子は、まるでハイエナが餌《えさ》に群がっているようだった。獲物は貪《むさぼ》り喰《く》われるまま、息絶えるだけだ。

湯月はその異様な光景を、無感動な目で見ていた。血に飢えた獣どもの息遣いを聞いても、特別な感情は湧《わ》かない。この男たちの間に何があったのかすら、興味はなかった。

ぐったりとなった男は連れていかれ、路地に静寂が戻る。

と、その時。

「そこのお前」

犬どもの主が声を発した途端、この場から立ち去ろうとしていた湯月は背筋にゾクリとしたものを感じ、足を止めた。

耳に流れ込んでくる、艶《つや》のある低めの声。

存在が闇なら、発せられる声もまた闇だった。濃密なそれは、忍び寄る悪のようにゆっくりと躰の中へと入ってくる。喉《のど》の渇きを覚えて唾《つば》を呑《の》むが、解消されない。

「どうして俺を助けた？」

「別に……助けたつもりはないです。なんとなく。すごい勢いで走ってきたので」

嘘《うそ》ではなかった。つい、子供がイタズラでもするように足を引っかけたくなったのだ。

あの男も可哀相《かわいそう》なものだ。先ほどの様子からして、自分のすべてを捨てる覚悟で、命を懸けてこの男を殺そうとしたに違いない。こんな馬鹿な理由で阻止されたなんて、運の悪い男だと思う。上手く立ち回れず、人生損ばかりしている人間だ。

「濡れてるぞ。中に入るか？」

入るな——理性が、落ち着いて考えろと訴えてくる。どう考えても、関わっていい相手ではない。同じ年頃の若者よりも世の中の腐臭を嗅《か》いできた湯月の理性が、警鐘を鳴らす。

だが、どうしても自分の好奇心に打ち勝つことができなかった。この男に関わったら、何が起きるのだろう。選択の先に、何が待っているのだろうという思いに駆られる。

「来ないのか？」

短いが、それは何にも勝る誘惑の言葉だった。抗《あらが》うことなどできない。

湯月は、足を踏み出して誘われるまま裏口から店の中へと入っていった。真っ暗な店内の照明がつけられると、その様子が眼前に広がる。

落ち着いた雰囲気の、大人の店だった。

（へぇ……）

深く考えもせずにカウンターの中に入り、道具を確かめる。磨き上げられたグラスは間接照明をぼんやりと映しており、シェイカーもメジャー・カップもマドラーも輝いていた。自分の出番が来るのを、待っている。高級店にふさわしく、どれも美しい。

「俺の店だ。明日から営業することになってる」

ぽつりと呟《つぶや》かれた言葉に、湯月は小さな驚きを覚えた。

まるで、子供が友達に自慢のおもちゃを見せているような声の響きだ。すごいだろう、と言っているようにも感じる。関わった者を破滅させる危険を感じた最初の印象とは、まるっきり違っていて、目の前の男が本当にヤクザなのか疑いたくなった。ガキのように心躍らせているのがわかる。

「お前、いくつだ？」

「二十二です」

「名前は？」

「湯月亭」

「湯月。なんでもいいからカクテルを作れ」

いきなり呼び捨てにされ、命令されてやはりこの男は堅気ではないと悟った。ただ傲慢《ごうまん》だからではない。そうすることが許される存在だと、感じさせられたからだ。湯月自身、呼び捨ても命令も、素直に受け入れてしまっている。

「作れませんよ」

「嘘をつくな。今のお前は、カウンターの中に立ったことのある人間の顔だ。そうだろう?」

ニヤリと笑うのを見て、ここに誘い込まれた時点で自分は敗北しているのだと悟った。この人には逆らえない。痛感し、諦《あきら》めてカクテルを作ることにする。

「なんでもいいですか?」

「ああ。旨《うま》い酒ならな」

「じゃあ、マティニィを」

湯月は、カクテル・グラスを棚から一つ取り、冷凍庫の中からジンの瓶を取り出してから、今度は冷蔵庫の中を覗いた。ドライ・ベルモットとレモン・ピールはそちらに入っているはずだ。それを見つけると、材料を作業台の上に並べた。そして、バースプーンを手に取り、ねじれたデザインの柄を指先で確かめる。

この手触り。懐かしい。指先に馴染むのは、これを毎日のように使っていた時期があったからだ。もう何年も触れていなかったが、やはり躰で覚えた感覚というのは、そう簡単には消えないらしい。

道具と材料をすべて揃えると、状態を見る。室温は低めだ。ジンもドライ・ベルモットもキンキンに冷えていた。氷の締まりはいい。

湯月はミキシング・グラスに大きめの氷をいくつか重ね入れ、ジンとドライ・ベルモットを注ぎ、組んだ氷を崩さないよう静かにバースプーンを差し入れた。

男の視線が、自分の手元に注がれているのがわかる。愉《たの》しそうで、試されているような気分になった。だが、この緊張感は嫌いではなかった。

マティニィは材料をステアするだけのシンプルなカクテルだが、ただかき回せばいいというものではない。ステアは技術と経験が必要だ。地味だが、このテクニックを覚えているのといないのとではデキがまったく違ってくる。

そう教えてくれたのは、八十を過ぎた老バーテンダーだった。

液体にほんのわずかな粘度を指先で感じると、香りの変化を逃さないよう嗅覚《きゅうかく》を働かせ、その瞬間を捕まえる。

湯月はステアの流れを崩さないようにバースプーンを抜き取ってから、ストレーナーをつけてグラスに注いだ。そしてレモン・ピールを絞りかけ、カクテルピンに刺したオリーブをグラスに沈める。

久々に作ったからか、わずかながらの高揚があった。女とのセックスでは味わえない。

コースターをカウンターに出し、その上にグラスを置いてすっと差し出す。

「いいな。年季が入ってる。いつ覚えた?」

「十五の時に」

男は、ふっと笑った。そしてグラスに手を伸ばし、口をつける。さまになる仕種《しぐさ》だ。飲みっぷりもよく、あっという間にカクテル・グラスは空になった。オリーブをつまむと、二杯目をドライで要求する。マティニィは合格らしい。当然だ。散々叩《たた》き込まれた。これだけは、誰にも負けない自信がある。

「バースプーンの使い方は誰に教わった？　熟練のバーテンみたいな手つきだぞ」

「知り合いのじーさんです」

「じーさんか」

愉しげに嗤《わら》うその表情をチラリと見て、今度はドライ・ジンの分量を変え、うんとドライにする。先ほどと同じように、グラスを出した。男が一口飲む。

「この店で働かないか？」言って、視線を上げた男を、湯月は黙って見つめた。

「行くところがないんだろう？　いいバーテンが不足していてな、給料は弾むぞ」

美味《おい》しい話だった。最近は年上の女を相手にヒモのような生活をしていたが、昔の男が絡んできてマンションにいられなくなった。面倒はごめんだと無計画に出てきたはいいが、金はすぐに底をついて行くところもなくなった。ここ二、三年はまともな職に就いていない。

だが、この旨い話に乗ることはできない事情があった。

「どうした。何を迷う必要がある」

「俺、シェイカーは振れないんですよ」

「学んだ技術はステアだけか？」

「はい」

「そうか。残念だな」

あまり残念そうな言い方ではなく、ただの気まぐれだったのかと思う。

「一ヶ月やる」

「え……？」

「一ヶ月でシェイクもビルドもすべて覚えろ。お前は見込みがある。立ち姿もいい。お前を俺の店のカウンターに立たせたい」

さすが……、と噛いたくなる言葉だった。相手の都合などお構いなしだ。自分がそうしたいから、命令する。シンプルだ。

「無茶言わないでください。一ヶ月でなんて無理ですよ」

「じゃあ死ぬ気でやれ。チャンスをものにしろ」

その言葉は、湯月にある場所を思い出させた。

器用に生きろよ。チャンスがあったら迷わず乗れ——そう教えてくれたのは、不器用にしか生きられなかった人たちだ。行くところのなかった湯月を、受け入れてくれた。湯月にとって、宝物のような場所だった。今はもう、存在しない。

「どうした？」

「いえ、別に」

「お前には、独特の雰囲気がある。顔立ちもいいが、見た目がいい人間なんてどこにでもいる。二十二だと？　その達観した態度はどこから来る？　どうやって生きてきた？」

湯月は、黙って心の奥まで見透かすような深い色の瞳を見つめ返した。核心を突くような言葉だった。迷い、抗えないと悟り、そして観念する。

「その話はいずれ……。名前、聞いてもいいですか？」

知ってしまうと後戻りできない気がしたが、聞かずにはいられなかった。すると、初めからこうなることがわかっていたという態度で、男は自分の名を口にする。

「斑目《まだらめ》克幸《かつゆき》だ」

斑目、克幸――湯月はその名を心の中で繰り返し、深く胸に刻んだ。

どうやって生きてきた？――その問いに一言で答えるには、湯月の過去は少し複雑だった。

父子家庭で育った幼少期のことは、あまり覚えていない。売れない役者だった父親は湯月が物心ついた頃に病死し、思い出なんてほとんどなかった。すぐに親戚のところにあずけられたが馴染めず、転々としたのを覚えている。自分が厄介者だと自覚するのに、時間は必要なかった。中学生にもなると、夜の繁華街を徘徊するようになり、所在不明児のような扱いになっていたと思う。けれども湯月が見つけた自分の居場所は、心地好《ここちよ》く、自由があった。老バーテンダーが趣味でやっているようなショットバー『希望《きぼう》』は、子供がいたところで誰も気にしない。

枯れ枝のような老人の店に集まっていたのは、不器用にしか生きられない大人たちだった。

「ねぇ～、酷《ひど》いのよ、あいつあたしのことは本気じゃなかったって。ただの金蔓《かねづる》でしかなかったんだって、はっきり言ったのよ！」

カウンター席で座って泣いているのは、派手な化粧をした大柄のオカマだった。『キロネックス・釜男《かまお》』の名でステージに立つ彼女は、お世辞にもきれいだとは言えない。フラれてばかりで、店に来ては愚痴を零《こぼ》し、今回も貢ぐだけ貢がされた後、男に捨てられた。

その日はクリスマス・イヴで、世の中は浮かれた連中で溢《あふ》れていたが、この店にはそんな空気は一切ない。その代わり、馴染みすぎるほど馴染んだ常連たちが、いつものように切ない胸のうちを吐き出している。

「釜男、うるさい。もういいじゃない。捨てられたんだから」

「何よっ、あんたが男に騙《だま》された時はあたしが慰めたじゃない！」

「だって女の泣き顔は可愛《かわい》いけど、オカマの泣き顔なんて汚いだけだも～ん」

隣で憎まれ口を叩いているのは、ホステスの美玲《みれい》だ。彼女も男運のない女で、この店によく泣きに来るが、翌日にはけろっとした顔で飲んでいる。

すぐ後ろのボックス席では、酔い潰れた文無しの元プロのジャズピアニストが寝言を言っていた。ゴブレットグラスの中の氷はすっかり溶けていて、ほとんど水になっている。

「亨。グラスを取ってこい」

「了解」

カウンターの中に椅子《いす》を持ち込んで座っている老人——馬場《ばば》が、『希望』のオーナーでバーテンダーだった。若い頃は賞を獲《と》ったこともあったらしく、男前でよく女を泣かせたと聞いたことがあるが、今はただの老いぼれにしか見えない。

湯月がグラスを取りに行くのを見送った後、馬場は再び椅子の上で背中を丸めた。いつもカウンターの中にいるが寝ている時もあるようで、ときどきガクンと躰が落ちるのを見ることがある。

グラスを持って戻ってきた湯月は、馬場を一瞥《いちべつ》してそれを洗い始めた。まだ十五だった湯月だが、もうすっかりこの店のバーテンダーのようにここを知り尽くしている。

「男を見る目がないんだよ、釜男は」

「ほら、亨もそう言ってるわよ。だけど、子供のくせに生意気ね。それにあんたちゃんと学校行ってんの？」

「行ってない」

「毎日毎日、こんな大人の来る場所に来ていいの〜?」

「いいんだよ。俺もう大人だし」

無口な老バーテンダーは、オカマが来ようが子供が来ようが、まったく気にしていないようで、湯月が何時間店にいても文句一つ言ったことはない。それどころか足腰が弱くなった自分の代わりに、あれをやれこれをやれと命令する。湯月の居場所ができたのも、そのおかげだ。自分の役割があるから、ここにいられる。

「中学くらいちゃんと出なさいよ」

「出てどうなるんだよ? 美玲だって勉強なんてしなかったくせに。それに、今の時代大学くらい行かないと将来の役には立たないよ。俺には無理だし、ここにいたほうが勉強になる」

湯月は、『希望』で酒の味を覚え、タバコの旨さを覚えた。そのうち女も覚えるだろう。

「だからさ、馬場さん。俺にカクテルの作り方を教えてくれよ」

馬場は伏せていた目をゆっくりと上げ、しゃがれた声で言う。「バースプーンの使い方を覚えろ」

「なんで? シェイカーがいい。そっちのほうが格好いいのに」

「駄目だ。まずバースプーンの使い方を覚えてからだ。若いもんはすぐに格好にこだわりやがる。まったく」

その時、店のドアが開いた。

「おい、じーさん。安田《やすだ》の野郎、来てねぇか」

入ってきたのは、この辺りを仕切っている組のヤクザだった。細身で三白眼。いかにも下っ端という印象だ。

「おらんよ。わしの店に厄介事を持ち込まんでくれ」

「わかってるよ。こんなちっぽけな店一つ潰したところで、なんの得にもなんねぇからな。それより、ここに来たら連絡してくれ。俺も困ってんだ。ぐずぐずしてるとどやされる」

ヤクザですら、馬場にはある程度の敬意を払って接している。

「お。またいるのかクソガキ。こんな掃きだめにいたら、人生腐らせるだけだぞ」

「もうとっくに腐ってるよ」

「じゃあ、あと三年したらうちの組の店で働かせてやろうか？　生意気だが、お前、顔だけはいいからな。いいホストになるぞ。女騙して金稼いでみるか？」

「女なんて面倒だよ。それより、タバコ一本くれ」

「生意気なガキだな。なぁ、馬場さんよ。奴が来たら、俺に連絡くれよ。頼んだからな」

男は湯月にタバコを一本置いて、店を出ていった。ここの大人は気前がいい。

「ねぇ、馬場さん。バースプーンの使い方ちゃんと覚えるからさ、俺がシェイカーの振り方覚えるまで店畳まないでくれよ」

「老いぼれ扱いするな」

「でも目は悪くなったろ？　釜男のグラス、空だよ。なんか注文ある？」

「ん〜、じゃあ馬場さん。フェニックスちょうだい」

注文が入ると、馬場はよっこらせっとばかりに椅子から立ち上がった。

いつもは足元をふらつかせているが、カウンターの中に立っていざカクテルを作るとなると、背筋がしゃんとする。棺桶《かんおけ》に片足を突っ込んでいるような老いぼれが、カウンターの中でカクテルを作り始めると、その周りの空気が変わるのだ。まだ十五のガキだったが、湯月にはそれがやたらと格好よく見えた。シェイカーを振る姿にも、その小気味いい音にも、世界観がある。

細身のカクテル・グラスに薄くスライスしたリンゴを不死鳥が羽を拡《ひろ》げたように飾れば終わりだ。カクテルができ上がると、それをカウンターの上に置く。

馬場の作るカクテルは、芸術的だった。もう一度、この吹きだまりから不死鳥のように蘇《よみがえ》って、表舞台に立ち、成功を収めるのだというメッセージすら感じた。

「きれいなカクテルね。見てると涙が出てきちゃう」

ジャズが流れてきた。さっきまで酔い潰れていた元プロのジャズピアニストが、店の隅にあるアップライトピアノの前に座っていた。店の主同様、古びたピアノは老いぼれて普段はじっとうずくまっているだけだが、時を刻んだ者だけが奏でることのできる味のある音色で歌ってくれる。躰に染み入るような、優しい音色だ。

「亨ちゃん。あんたはさ、上手く立ち回って器用に生きなきゃ駄目よ。あたしたちみたいに、損ばっかりしてちゃ駄目。上手に世の中を渡って生きるの」

釜男が、口癖のようになっている言葉を湯月に向けて放った。涙を浮かべているのは、美しいグラスの飾りに感動したのか、それとも別の理由があるからなのか。

「わかってるよ。反面教師ばっかりだし」

「あら、やっぱり生意気。そうそう、美玲ちゃん、聞いた？　石田《いしだ》さん。マネージャーにお金を持ち逃げされたんだって。せっかく地道に歌ってたのに、借金数千万だって」

「演歌なんて歌ってるからよ。この前泣いてたのは、そのせいだったのね」

大人の男が嗚咽《おえつ》を漏らしながら泣く姿を、何度も見てきた。世の中は意地悪で、不平等で、理不尽だ。生まれた時点で、人生の半分は決まっている。湯月も親がいないという理由で『普通』から排除され、上手くいかなかったことが何度もある。

「持っていってやれ」

見ると、スノー・スタイルの美しいカクテルができ上がっていた。それを、ジャズピアニストのところに運ぶ。

湯月は、馬場が好きだった。馬場だけではない。釜男も美玲も、ここで人生を嘆く大人たちみんなが好きだった。上手くいかず不器用にしか生きられない人たちは、どこか温かく感じた。実際、馬場は湯月のために店の鍵をいつも開けてくれていた。公園で寝泊まりしなくてよくなったのは、馬場が寝る場所を与えてくれたからだ。

「馬場さん。俺がカクテル全部覚えたら、この店継いでいい？」

「ああ。全部覚えたらな」

言って、馬場は自分のグラスにウィスキーをついで飲み始めた。カクテルは見事に作るのに、自分の飲む酒は手酌で大雑把だ。ロックアイスすら入れようとしない。

「ねぇ、もうお酒やめたら？　馬場さん、食べないで飲んでばっかりじゃない」

さすがの美玲も、馬場には思いやりの言葉を投げかける。

「わしのことはほっといてくれ。酒をやめるくらいなら、死んだほうがマシだ」

「馬場さんから酒取ったらなんも残んないよ」

馬場がアルコール依存症だということは、なんとなく気づいていた。ときどき、手が震えている。飲むペースもかなり速い。

「亨ってさ、本当に十五？　何よその『俺は大人です』みたいな態度。ほんとかわいくないわね。年相応のこと言えないの？」

「それよく言われる」

「あ、でも普通に子供っぽいところもあるのよね～」

美玲が意味深な笑顔で言った。からかってやろうという気持ちが、目に溢れている。

「何が言いたいんだよ?」

「アルマジロ獣人のフィギュア持ってるじゃな〜い。あれ、打ち切りになった戦隊モノに出てたやつでしょ。あたし覚えてるわ」

「美玲ちゃん。それって子供っていうよりオタクじゃない?」

「どうしてあんなもんが好きなの? ただの気持ち悪い怪獣なのに」

「いいだろ、好きなんだから。別に理由なんてないよ」

軽く口を尖《とが》らせながら言い、馬場が二杯目をつぐのを横目で見た。カウンターの下には、馬場が空けた瓶が三本転がっている。

「だけど真面目な話、帰る場所があるうちにちゃんと帰ったほうがいいわ。亨ちゃん、一応家はあるんでしょ?」

「ないよ。あんな家、帰るところじゃない」

「今になくなるわよ、あたしみたいに」

「東京に出た息子がオカマになって帰ってきたら、そりゃ帰る場所もなくなるよ」

「ぎゃー、酷いっ。そんなドSな言い方しなくったって〜」

釜男がすごい顔で抗議するものだから、湯月は腹を抱えて笑った。湯月がこんなふうに笑えるのは、ここだけだった。自分でいられるのも、ここだけだ。

しかし、楽園は永遠のものではない。なんの根拠もなくいつまでもあると思った場所の終わりは、あっけなくやってきた。

カウンターの中で馬場が冷たくなっているのを発見したのは、湯月が十八になる少し前の冬のことだった。ようやくカクテルの作り方を教えてもらえるようになり、ステアを覚えて馬場の代わりに客にそれを提供するようになった矢先のことだ。肝臓を悪くしていると聞いていたが、想像していた以上に馬場の躰はボロボロだった。

馬場が二度とシェイカーを振ることはないと悟った時、湯月は『希望』の中で初めて泣いた。


若いもんはすぐに格好にこだわりやがる——洗ったシェイカーを眺めながら、湯月は馬場の言葉を思い出していた。あの老バーテンダーが今の自分を見たら、なんて言うだろう。

(もう、シェイカー振ってもいいだろ?)

自分の問いに応《こた》える者はもういないとわかっていても、心の中で語りかけてしまう。

斑目との約束の一ヶ月が過ぎていた。

湯月は、客の引けた店内で後片づけをしていた。カウンターから出ると、テーブルや椅子を拭《ふ》き、床を掃いてきれいにする。グランドピアノを磨くのも、湯月の仕事だ。同じバーでも、馬場の店だった『希望』とこの『blood《ブラッド》 and《アンド》 sand《サンド》』は客層も店の内装もまったく違う。けれども、どこか同じ匂《にお》いを感じてもいた。ここには、酒好きの大人たちが集まる。

「君はセンスがあるな。本当に一ヶ月で覚えるなんて、驚きだ」

そう言ったのは、湯月にカクテルを作る技術を叩き込んだ谷口《たにぐち》というバーテンダーだ。今年六十五になった男は、恰幅《かっぷく》がよく、白髪交じりの髪が優しげな顔立ちをより柔和に見せている。馬場とはタイプがまったく違うが、腕はかなりのもので、斑目が他店から引き抜いたと聞いている。

「谷口さんのおかげです。感謝してます」

「そういうしおらしいことを言われると、弱いよ。他の連中とも、もう少し打ち解けたらいいんだがな」

「すみません」

湯月は、口許《くちもと》を緩めた。人と上手くやれないのは、昔からだ。

特別に見習いとして雇われた湯月に、なぜステアしかできない素人にここまでしてやるのかと、陰で不満を漏らす者も多い。だが、この谷口は違う。まるで自分の子供でも可愛がるように、接してくれた。そしてこの一ヶ月の間、バーテンダーに必要なテクニックをすべて教わった。湯月をよく思わない従業員の期待を裏切ったのは、言うまでもない。

「じゃあ、わたしはこれで帰るから、あとは任せたぞ。オーナーは誤魔化《ごまか》しが利かんからな」

「はい。お疲れさまです」

一人になると、湯月は黙って店内を見渡した。柔らかい色の照明が店内を照らしている。

この一ヶ月で、斑目がどんな男なのか、少しずつわかってきた。

広域指定暴力団『誠心会《せいしんかい》』の二次団体『若田組《わかたぐみ》』の極道で、かなりのやり手だ。二十七の若さで、BMWの7シリーズに乗り、弟分たちに運転させるだけの地位にいる。そろそろ幹部に昇格するという噂《うわさ》も耳にした。時折漏れ聞く斑目の話には、『出世』という二文字が絡んでいる。二次団体とはいえ『若田組』は大所帯だ。その中で、あれだけ若いうちから頭角を現す人間なんて、そういないだろう。

『お前を俺の店のカウンターに立たせたい』

一方的な言い方を思い出し、生まれながらにして人の上に立つ人間だと改めて思った。つい乗ってしまったが、湯月はあんな言い方をされて素直に従う性格ではない。むしろ、自由を奪われそうで反発したくなるが、なぜか斑目にそういう感情は抱かなかった。

その時、人の気配を感じた。見ると、斑目が店の出入口に立っている。

「どうだ、湯月。ちゃんと覚えたか？」

カウンター席に座る斑目は、やはり闇だと思った。この男が座っているだけで、空気が変わる。一瞬にしてその場の空気を自分の色に染めるのだ。オーラと言えば陳腐になるが、斑目には他の誰も持たないある種の存在感があった。

「それを試しに来たんでしょう？　何にしますか？」

「ソルティ・ドッグ」

いきなりスノー・スタイルのカクテルを注文されてオールドファッションド・グラスを手に取る。グラスの縁をレモンで濡らし、塩を入れた皿にグラスを逆さにしてぐるりと回しながら、岩塩でグラスを縁取りした。美しいスノー・スタイル。

ウォッカをベースにしたソルティ・ドッグは、ビルドで作る代表的なカクテルだ。馬場の店では、元ジャズピアニストが好んで飲んだ。あの音色は、今も覚えている。

アップライトピアノが奏でる切ない歌声を思い出しながら、氷を入れたグラスにウォッカを注ぎ、グレープフルーツジュースで満たす。

「相変わらず、いい手つきだ」

グラスをコースターに乗せると、斑目はそれに手を伸ばした。口をつけた瞬間、ふと笑みが浮かび、それに呼応するように背筋がぞくっとなる。

「店はどうだ？」

「よくしてもらってますよ。特に谷口さんには」

「嘘を言うな。お前が店で浮いてることはわかる。谷口以外からは、煙たがられてるだろう」

「知ってて聞くんですか」

斑目は、ふ、と笑い、スノー・スタイルを唇で崩す。もともとはジンとグレープフルーツジュースに塩を入れてシェイクしたカクテルだ。このスタイルに変わってから、一口飲むごとに飲み口をずらすのが正式な飲み方となっている。グラスが空になるのと同時に、スノー・スタイルも消えた。

「タンカレー・フィールド」

すぐに二杯目を注文され、カクテル・グラスを素早くスノー・スタイルにして、シェイカーに手を伸ばす。タンカレーという名のドライ・ジンに、メロンリキュールなどの材料を入れる。シェイカーを振る小気味いい音が、店内に広がった。

馬場のじーさんが教えてくれなかった技術とはいえ、音は覚えている。この一ヶ月、湯月にカクテルの作り方を教えてくれたのは谷口だが、馬場からも教わっていたのだと感じる。

シェイカーの振り方もビルドの仕方も学ばなかったが、カクテルの種類や匂いは覚えている。死んだ馬場の隣にいつもいたからだ。馬場がシェイカーを振り、グラスに注ぐ時に漂ってくるカクテルの香りは、忘れない。味もだ。ときどきイタズラに飲ませてくれたカクテルの味は最高だった。ぼろ雑巾《ぞうきん》のようになりながら、死ぬ寸前までカウンターにいた。

「どうぞ」

手を伸ばした斑目の口許が、満足げに緩む。

「湯月。お前は期待以上の男らしい。ところで、この前の質問に答えてないぞ」

「なんの質問ですか？」

「どうやって生きてきた？」

「さぁ。もともと父子家庭だったみたいですけど、父親が病死してからは親戚の家をたらい回しです。そうしているうちに、学校に行かなくなって、家にも戻らなくなりました」

「それで？」

「公園で寝たり、バーのソファーで寝たりです。酔っ払いの財布から金を抜き取ったこともありました。子供でもなんとか生きていけるもんです」

「よくある話だな」

同情してくれるとは思っていなかったが、斑目の言葉は心地好かった。これまでの生き方を哀れみの目で見られると、自分を否定された気分になる。

「あなたは？　兄弟はいないんですか？」

斑目が、チラリと視線を上げた。一束、前髪が落ちてその表情になんとも言えない色香を添える。

「腹違いの兄が一人いる」

血の繋《つな》がった家族がいるなんて、想像できなかった。斑目からは、そういった存在を感じない。血の通った人間に見えていないのかもしれない。

次の注文に、ウォッカの瓶に手を伸ばした。

「バラライカ」

斑目のペースは速い。しかも、表情をまったく変えなかった。底なしか……、と思うが、満足のいくカクテルというのが条件だ。早々に酔い潰れてもらっては困る。

約一時間、湯月はカクテルを作り続けた。シェイク、ステア、ビルド、ブレンド。一通りカクテルに必要な技術をすべて見られる。斑目の視線に晒《さら》されながらカクテルを作っていると、気持ちが高揚した。目の前の男が満足げな顔をするのを見るたびに、血が沸き立つ。

湯月は、斑目のためにカクテルを作ることを楽しんでいる自分に気づいた。試され、それに応える。馬場がよぼよぼになってもカウンターの中に立ち続けた理由が、今ならよくわかる気がした。同じカクテルでもバーテンダーによってレシピが違うものもあり、フルーツのカットや飾りつけもさまざまだ。

斑目に見られながらカクテルを作る行為は、どこかセックスにも似た高揚感がある。いや、女でこれほどの昂《たか》ぶりを覚えたことはなかった。

「最後だ。なんでもいい。任せる」

何を作ろうかと思い、自分が得意なレシピを頭の中でざっとめくった。浮かんだのは、フエニックスだった。『希望』のカウンター席で、釜男がよく飲んでいたカクテルだ。希望を持つことすら諦めたような彼女は、このカクテルを見てよく涙を浮かべていた。

ウォッカをベースにパッションフルーツのリキュールなどを加え、シェイクする。最後にリンゴをスライスしたものをカクテルピンに刺し、羽ばたく不死鳥のように飾った。

「合格だ。雇ってやる」

コースターの上にグラスを置いた瞬間、そう言われる。

「飲まないんですか?」

「飲まなくてもわかるさ。お前は俺の出した条件をクリアした」

その時、湯月は雇ってもらえるかどうかなんて考えていなかったことに気づいた。ただ、挑まれるまま自分の腕を披露した。斑目の満足げな顔を見て、高揚を覚えた。昂ぶった。

もう終わりか……、と少し残念な気持ちに見舞われていると、カウンターの中に回り込んできた斑目が核心を突くようなことを言う。

「まだ作り足りないか?」

見下ろされ、その瞳に捕らえられた湯月は、身動きするのも忘れた。

吸い込まれそうだ。この男の闇に取り込まれそうな気がして、初めて物怖《ものお》じする。けれども、セックスにも似た高揚感がまだ収まっていないのも確かだ。

「他にも、お前を昂ぶらせるものはあるぞ。バーテン以上の役割を与えてやろうか?」

湯月は、斑目がペティ・ナイフを手に取るのを、じっと見ていた。その刃先が近づいてきて、ボータイの下に差し入れられる。ビリ、と布地が裂ける音がして、ボータイが床に落ちた。そしてベストのボタンを切り取られる。さらにワイシャツのボタン。ナイフの先に布を引っかけるようにして、スラックスからワイシャツを引きずり出されるまで湯月は一言も言葉を発することができなかった。

「愛人にでもなれって言うんですか?」

「話が早いな」

近づいてはいけないとわかっているのに、自分を誘う闇に足を踏み入れたくなる衝動を抑えられない。やはり、間違っていた。この男に近づくべきではなかった。

わかっているが、今さら逃げ切れるものではない。既に、罠《わな》にかかっている。

「男を試したことはあるか?」

「いえ」

ナイフが置かれても、身に迫る危険は消えなかった。

「給料は倍払うぞ」

顎に手をかけられ、上を向かされる。男と寝たことは一度もなかったが、嫌悪感はなかった。むしろ、足を踏み入れた先に何があるのか、知りたくなった。

毒に、侵食されていくようだ。麻痺《まひ》し、思考を狂わされる。判断力を奪われ、誘導されるまま従っている気がした。

「――三倍」

唇が触れ合う寸前、湯月は辛《かろ》うじてそう言った。一瞬、斑目の動きは止まったが、気を悪くしたわけではないらしい。上乗せしろと訴えたのは、むしろ斑目を喜ばせたようだ。

「いいぞ、三倍だ。その代わり、俺の言うことは絶対だ。裏切ったら、まともな死に方はできないと思えよ」

その瞳に浮かんだ獰猛《どうもう》な色に、背筋がゾクリとなった。

最初は、闇だと思った。闇を従えた、極道だと。けれども、店の中を見せられた時、自慢げな響きに子供の欠片《かけら》を見つけた。それは、銃を持った男に命を狙《ねら》われた直後とは思えないほど、無邪気な感情だった。自分の気に入ったものを見せて自慢する姿に、魅《ひ》かれた。

そして今は、獣がいる。

「――うん……っ、……んんっ、……ん……ぅ……」

捕食にも似た乱暴な口づけに、息が上がる。さすがに戸惑いを覚え、逃げ腰になったのがいけなかったのか、あっという間にカウンターの隅にまで追いつめられる。

「ここで……ですか？」

「俺の命令は絶対だと言ったろう？」

ここで乗るべきだろうかと自問した湯月の脳裏に、ある言葉が蘇った。

『あんたはさ、上手く立ち回って器用に生きなきゃ駄目よ』

不器用にしか生きられない大人たちが集《つど》う場所で、そう教えてくれたのは、大柄な躰つきに似合わず寂しがり屋の釜男だった。『希望』はもうない。店に集った大人たちも、今はバラバラだ。辛うじて釜男の勤め先を知っているくらいで、今も連絡先が生きているのかはわからない。金も力もなかったから、失った。不器用にしか生きられなかったから、馬場もあんな死に方をした。店に集っていた連中も、今は羽を休める場所すらない。好きだった場所。大事にしていた自分の居場所。

斑目の愛人になり、金を手にする——器用に生きるには、金を持った人間について上手く立ち回るのがいい。

「湯月。上手く立ち回って器用に生きろ。俺に従えば、いい思いをさせてやるぞ」

「……っ！」

湯月の過去をろくに知りもしない斑目が放ったのは、見透かしたような駄目押しの言葉だった。

「いい尻だ」

獰猛な息遣いをすぐ耳許で聞かされながら、斑目の指が容赦なく自分の後ろを押し拡げるのに、湯月はただひたすら耐えていた。カウンターの中に立たされ、シンクに手をつかされて下着ごとスラックスを下ろされ、いいようにいじられている。

「ぁ……っく、……ぅう……っ、……っく、……はっ！」

ジェルを足され、眉《まゆ》をひそめた。スーツの上着を脱ぎ捨てる気配に危険を感じながら、用意周到な斑目にこうなる運命だったことを思い知らされる。

「最初、から……、この……つもり……、……ッ！」

「お前も気づいてたんじゃないか？　まさか、ただバーテンとしてスカウトしただけだと思っていたのか？　シェイクもできない素人にチャンスをやるほど、俺は優しくないぞ」

湯月は、目許がカッと熱くなるのを感じた。斑目の言う『まさか』を信じていた己の愚かさに、奥歯を噛《か》む。

自分の自惚《うぬぼ》れを指摘されるのと、同じだった。思い上がっていたと痛感させられ、恥ずかしくなる。自分のステアの技術など、露ほどの価値もないと言われているのと同じだ。通じると思っていたことが滑稽《こっけい》でならず、自虐的に嗤う。

そんな湯月の心を見透かしたように、斑目は言った。「だが、ステアは抜群だった」

途端に、心が疼《うず》いた。プライドを打ち砕いた後に、自尊心を取り戻させる。なんて男だろう。

「あなた……ほどの、人が……、俺に……世辞、です、か……、……は……っ」

「本当のことだ。嘘は言ってない」

「でも……、……ッあ……、シェイクも……、できな……、素人に……って」

「自尊心を傷つけられて、恥ずかしくなったか？　ステアには自信があったんだろう？」

「……ぅう……っく、……ん……は……っ」

「お前を見てると、踏みにじりたくなるよ」

クク……、と喉で含み笑う斑目に、湯月は唇を噛んだ。

根っからのサディストだ。プライドを傷つけ、辱めた後甘い言葉を注ぎ入れる。人をたらし込む天才だ。落胆と喜びを上手く操っている。

自分の感情なのに、斑目にいいように揺さぶられる。面白くない。

「全部……、自分の、……思い通りになると……、……く」

「俺は、欲しいものは手に入れてきた。これからもだ」

簡単に言うが、斑目の言葉がただのはったりではないことは、わかっている。

事実、その策略に嵌《は》まり、たった一ヶ月の間にバーテンダーの技術を覚えた。あそこで断ってもよかった。それなのに、断れなかった。抗うことができなかった。危険を感じながらも、斑目の話に乗った。吸い寄せられ、引き込まれる。

「お前は、簡単に他人のものになるようなタマじゃないだろう？」

それは、本音なのか、それとも自分を喜ばせるための方便なのか――考えるが、答えは見つからない。

「おしゃべりは終わりだ」

「――は……っ」

躰を反転させられて向き合うと、脚の間に膝を入れられる。斑目が左手だけで素早く自分のイチモツを取り出し、あてがってくる。

（嘘、だろ……）

容赦なく自分を貫こうとする斑目に、湯月はこの行為に対して初めて恐怖を覚えた。単に痛みに対してではない。己のすべてをいとも簡単に奪い兼ねない存在に対してだ。

軽く考えていた。そんなつもりはなかったが、目の前の男を侮っていた。

殺される――。

乱暴な愛撫《あいぶ》に、湯月は自分がとんでもない男に買われたことに気づかされた。

「うう……っく、……ふ、……ぅ……っく」

「俺の愛人は、そう簡単に務まらないぞ」

愉しげに自分を引き裂こうとする男に抱くのは、完全な敗北だ。

「ッあぁ……、ぁあッぁ……、……ぅう……っく、……あぁ……、ぁ、はっ！」

「俺を見ろ。目を閉じるな」

襟足を摑《つか》まれ、上を向かされる。注がれる視線に視線で応えながら、灼熱《しゃくねつ》の楔《くさび》を打ち込まれるのに耐えるしかなかった。その鋭い牙《きば》は、既にこの肉体に突き立てられていてもがいても外れそうにない。

「俺がお前の主だ。よく覚えておけ」言いながら、さらに侵入してくる。立った状態で貫かれるまま、身を委《ゆだ》ねるしかなかった。

「ぁう……っ！　……ぅう……っく、——んぁぁあ……っ！」

全身が焼けつくようだった。

脚に力が入らず、シンクの縁に手をついて躰を支える。座り込む寸前だ。なんとか堪《こら》えるが、膝が震えていて、いつまで持つかわからない。斑目に支えられていることが支配されている証《あかし》のようで、必死で脚に力を籠《こ》める。けれども、自力で立っているのも限界だ。

「辛《つら》いか？」

「ッあ！　……んっ……、……ぁ……っく、……ぁあっ！」

むんとする牡《おす》の匂い。思わず、斑目の背中に右腕を回した。左手はまだシンクの縁だ。両腕で抱きついてしまうとすべて失いそうで、辛うじて堪えた。それが、斑目を悦《よろこ》ばせたらしい。

「強情だな。ますます気に入ったぞ」

置かれていたペティ・ナイフが床に落ちた。床の上に転がったそれを一瞥し、さらに深く押し入られる苦痛に耐えながら掠《かす》れた声をあげた。

斑目の前髪が落ち、さらに本能を剝《む》き出しにしていく。

「あー……、……ぅう……っく、……んぁ……あ……あっ！」

今度はシェイカーが落ちて転がった。足元に散乱するものを眺めながら、道具を大事にしろと言われたことを思い出した。けれども、今は自分が道具だ。斑目の性欲を満たす道具だ。代わりに手にするのは、金。

「ぁあ……、……っふ、……ぁ、ア……、んあぁ……ッ」

観念した。両腕を背中に回し、縋《すが》りつく。

その瞬間を待っていたというように、斑目の抽挿が激しくなった。尻を抱えるように深く侵入してくる。

「……痛ゥ……ッ、……あ、……ぁあ……っく、……ぁあぁあ……っ、あー……っ」

とんでもない男に捕まったのかもしれない。そう思うが、今さら逃げられるはずもなかった。さらに抱えられ、カウンターを出てソファーのあるほうへと運ばれる。自分の重さでより深く斑目を咥え込んでしまうのを、どうすることもできない。

「ぁ……あ……っ、……ぁあ……ぁ……っく、……ぅ……ぁあ……ぁ……あっ！」

「まだイくなよ。勝手にイきやがったら、二度と射精できないようにここを縫いつけてやる」

斑目が言うと、冗談に聞こえなかった。危機感と快楽の狭間《はざま》で、自分が底知れぬ闇に堕《お》ちていくのを感じる。

「まだだ」

「……っふ、……ぅう……っく」

「我慢しろ」

やばい。やばい。もう堪え切れない。凄絶《せいぜつ》な快楽の中で感じる危険に、湯月はより狂おしい愉悦の中へと引きずり込まれていった。これ以上堪え切れないところまで、いとも簡単に連れていかれる。

「……っ、イかせ、て……くだ……ぁ……、さ……、……ぁあ……っ」

湯月が懇願すると、斑目はさも愉しげに言った。「――もうか？」

「……も……、……限界、……ッあ！　ぁあっ、あ、あ、……ァア……ッ」

含み笑う気配を感じるのと同時に、抱えられたままいきなり激しく突き上げられた。相手のことなど顧みない身勝手な行為。それなのに、湯月はこれまで経験したことがないほど感じている。

「ぁあっ、……っは！　あ、……あぁッあ……、――ぁあああー……っ！」

湯月は、斑目を締めつけながら下腹部を激しく震わせた。同時に、自分の奥で斑目が痙攣《けいれん》しながら爆《は》ぜたのを感じた。同じ男である相手に白濁を注ぎ込まれる実感がして、被虐的な気持ちに見舞われる。男に躰を差し出すことなど大したことではないと思っていたが、実際にその欲望を浴びせられると、罪悪感にも似たものが心の隅に現れた。

「――は……っ、……はぁ……　……ぁ……」

息を整えながら、複雑に疼く感情を押し込める。

「初めてにしては上出来だ」

斑目は、湯月をソファーに下ろすと自分だけハンカチで後始末をしてからカウンターのほうへ歩いていった。置き去りにされてしばらく放心していたが、無意識に斑目の姿を捜して視線を泳がせる。ネクタイを緩め、ワイシャツのボタンを上二つだけ外したその姿が目に入った。

乱れた前髪が、斑目も昂ぶりの中にいたことの証だった。今は静寂の中にいるが、ほんの少し前まで自分の中にいた。そうとは思えない回復力に、指先を動かすことすら億劫《おっくう》なほど疲れ切った湯月は、男としてのプライドが疼くのを感じずにはいられない。

そんな思いを抱えたままぼんやりと見ていると、咥えタバコでカウンターに立った斑目は、おもむろにシェイカーに手を伸ばした。ドライ・ジンとウォッカの瓶を手に取る。もう一つは、おそらくリレ・ブラン。

（おい、冗談だろ……）

湯月は、鼻で嗤った。

聞こえてくるのは、小気味いいシェイカーの音だ。その姿もさまになっているが、格好だけではない。音でどの程度の腕なのか、わかる。悪くない。いや、悪くないなんてものじゃなかった。

カクテルを仕上げた斑目は、グラスを上から手で覆うようにして持ち、湯月を襲った野獣の残り香を纏ったまま、ゆっくりと近づいてくる。

「人が、悪いですね。自分で……シェイカー、振れたんですか」

「他人が作るから旨いんだよ」

言って、斑目は膝でソファーに乗った。

「安心しろ。お前のステアは一流だ」

「ん……」

口移しでカクテルを飲まされ、喉が灼《や》けつく。セックスの後の渇いた喉を潤すには、強すぎる酒だ。炎を飲まされたように、胃が熱くなった。

斑目が作ったのは、ヴェスパーだった。ボンド・マティニと呼ばれるカクテルの中でもとりわけ有名なカクテルだ。シェイクしたことで口当たりは柔らかくなるが、度数は高い。

「あ……」

ようやく収まってきたところであてがわれ、さすがにこれ以上は無理だと無意識に自分にのしかかろうとする斑目の胸板を押し返した。けれども、あっさりと押さえつけられる。

「一度で終わると思ったか？」

「ぁあ……う……っ、……っふ……、……ぁ……ああ……ぁあッ……」

ゆっくりと、再び愉悦の中に引きずり込まれて湯月は溺《おぼ》れる者さながらに喘《あえ》いだ。躰のどこにも力が入らず、されるがまま受け入れるしかない。

「湯月。俺を満足させるには、覚えてもらうことが山ほどあるぞ」

含み笑うような言い方に、湯月はとんでもない男と契約をしたものだと今さらながらに思った。

2

真夏の太陽と蟬時雨《せみしぐれ》が、容赦なく降り注ぐ季節になった。夜になっても気温は下がらず、眠らない街をより不快な空気で満たす。

『blood and sand』で働くようになって五年半が経過し、湯月は二十七になっていた。バーテンダーとしての才能が開花したようで、今では谷口に次ぐ腕だと誰もが認めている。『希望』で磨かれたセンスが、実を結んだ。また、斑目の愛人としての契約も続いており、定期的に抱かれていた。相変わらず斑目のセックスは動物じみているが、湯月の躰も主の求めに応じられるまでに開発されている。そして湯月自身、斑目とのセックスを愉しんでもいた。

もともと『普通』とは無縁の人生だ。今さら男に囲われるくらい、なんとも思わない。

その日、湯月が自分のマンションを出たのは、出勤時間の二時間前だった。太陽はいつもより高い位置にいて、眩《まぶ》しい光に目を細める。

向かった先は、病院だ。ナースステーションを素通りし、奥の病室に向かって歩いていく。もうすっかり通い慣れた場所だ。ドアをノックしてスライドさせ、中に入る。

「あら、亨ちゃん。来てくれたの？」

病室にいたのは、『希望』のカウンター席でよく憂い顔を晒していた釜男だった。フェニックスという名のカクテルを眺めて、目に涙を浮かべていた。

あれから、十年近くが過ぎている。

「元気か?」

「ええ、もちろんよ」

『希望』はもうないが、釜男とだけはまだ繋がっていた。一時は勤め先のショーパブを知っているだけで音信不通のような状態だったが、『blood and sand』で働くようになってから再び釜男に会いたくなり、ステージを見に行った。それがきっかけで、切れかけていた関係は復活している。

「亨ちゃんの顔見られたんですもの。元気になるわ」

ベッドに横になっていた釜男は、満面の笑みで身を起こした。以前のように化粧はしておらず、今は青白い顔をしている。化粧をしていない釜男は、どう見てもただのくたびれたおっさんだ。痩せこけ、髪は抜け落ちて髪質も頼りない。はじめはすっぴんを見られることに抵抗を感じていたようだが、最近は慣れたと言って苦笑いしていた。それほど、釜男のすっぴんは日常になったとも言える。

「検査は?」

「今日はないわ。でも明日の午前中からなの。ちょっと憂鬱《ゆううつ》」

溜《た》め息を零したくなるのも、仕方がない。検査は病人にとって負担になるものだ。

釜男は、直腸癌《ちょくちょうがん》だった。発覚してから半年が経《た》つが、ようやく本格的な治療に入ったところで、これからしばらく検査続きと聞いている。

昔のような大きな躰ではなくなったのも、癌で闘病中だからだ。湯月が子供だったのもあるだろうが、それだけではない。間違いなく病魔が釜男を蝕《むしば》んでいる。それでも、湯月の前ではそれなりに元気に振る舞っていた。

「でもいいの？　個室なんて高いのに……」

「どうせ使わない金だし、あぶく銭だよ」

「それでも亨ちゃんのお金じゃない。自分のために使うはずのお金だったのよ」

「使ったよ。アルマジロ獣人のフィギュアで未開封のやつ」

湯月の言葉に、釜男は声をあげて笑った。

「やだ。相変わらずね。亨ちゃんって昔からちょっと変わってるものね」

この五年半で、湯月はかなりの金を貯《た》めた。そうしようと思っていたわけではない。気がついたら貯まっていた。いざ金を手にすると、欲しいものがないことに気づいたのだ。世の中を上手く渡っていく術《すべ》を身につけても、手にしたものを上手く使えなかった。

欲しいのは、金で手に入らないものかもしれない。最近はそんなふうに思うようになったが、それでも斑目の店を辞めて愛人という立場から足を洗わないのは、あの店に『希望』を見ているのかもしれない。バーテンダーの仕事が、性に合っているというのもある。

「だけど、信じられないわ。亨ちゃんが、ヤクザに囲われてるだなんて……」

「釜男が器用に生きろって言ったんだぞ」

「ヤクザの情夫《いろ》がついてるのが、器用な生き方？」

「バーテンやってときどき夜も相手すりゃ、多額の報酬が貰《もら》えるんだ。これが器用じゃなくて何が器用なんだよ」

釜男には、斑目との関係を知られていた。会わせたことはもちろんないが、釜男の病気を聞いた湯月が、金銭的事情から治療をしないと決めていた釜男のために入院費を出すと言った時に金の出所をしつこく聞かれた。斑目との関係を知られることに抵抗がなかったわけではないが、危ないことをしたのではないかと心配する釜男を納得させるには、本当のことを言うしかなかった。わずかなプライドを捨てたおかげで、ただ貯まっていく金を有効に使うことができている。

「ねぇ、どんな人よ。いい加減に教えてちょうだい」

「どんなって、ただのヤクザだって言ったろ？」

「でもイイ男なんでしょ？　亨ちゃんが躰を許すくらいの人だもの。脂ぎった中年男じゃ駄目。うっとりするような色男がいいわ～。夜の帝王みたいな男よ。背が高くて、スーツが似合って、ちょっと意地悪なの。意地悪な男ってそそるわ～」

ただの妄想だが、事実とそう外れてはいないことに、斑目には絶対に会わせられないなと苦笑いした。

斑目は、湯月が店に来た年に若頭補佐に昇格し、車もBMWからベンツのSクラスに乗り換えた。異例の抜擢だと聞いており、若頭の菅沼《すがぬま》が斑目を特別に買っているという。若頭補佐はあと二人いるが、今では斑目が次期若頭に一番近い人物だ。『倒産業』で莫大な利益を上げる斑目は、組のシノギに大きく貢献している。

だが、ただ金を稼げるだけではない。武闘派の部分も持っており、斑目の非情なやり方を恐れる者も多かった。それが発揮されるのは身内に対してではなく、敵対する者や裏切りに対してだ。暴対法の施行以来、日本ヤクザの肩身が狭くなる一方で海外勢が勢力を伸ばしつつある昨今だが、斑目が目を光らせているシマは、比較的治安を保っていた。

また、急速に頭角を現していく斑目を警戒する者もおり、隙あらば喉笛に嚙みついて喰らってやろうと狙っている。そんな連中の思惑を裏切り、のし上がっていく斑目を見ているのは、爽快でもあった。

「きっとあっちも上手なんでしょうね」

「俺で妄想するなよ」

「だって〜ん、亨ちゃんってすごくイイ男に成長したんだもの。雰囲気があるって、看護師さんが言ってたわ。存在が意味深なんだって」

「意味深って、なんだよそれ」

　自分の知らないところでそんなふうに言われていたなんて、予想外だ。誰にどう見られているかなど、あまり考えたことはない。

「亭ちゃんが男前になったのも、きっとヤクザのカレシのおかげね。絶倫に違いないわ。くたくたになるまでベッドであんあん言わされちゃうの。もう許してって言っても許してくれないのよ。お似合いだわ。セクシーだわ。禁断だわ。羨ましい～」

　釜男の妄想は止まりそうになく、湯月は呆《あき》れ笑いを浮かべながら黙って聞いていた。元気な姿を見られるなら、多少妄想の餌食になってもいい。

「とんでもない悪党だぞ」

「だからいいんじゃない。善良な男なんてつまんないわ」

「そんなだから男に捨てられるんだよ、釜男は」

　湯月の容赦ない言葉に、釜男はぷーっと膨れてみせる。

　斑目が、シノギの他にも何やら悪さをしているのは知っていた。組で扱っている覚醒剤の一部を、上の許可を貰って個人的に利用している。手に入れたいものがあるらしく、今も舎弟たちに何かやらせているのは確かだった。

　俺は、欲しいものは手に入れてきた——湯月を最初に抱いた夜に言ったように、斑目は望むものすべてを手に入れようとしている。そんなことは常識では不可能としか思えないが、斑目は本気だ。組内での地位だけではなく、欲したものすべて手にしなければ、気が済まないのだ。能力のない者ならただの独りよがりだが、斑目なら本当に目的を果たしそうと思わせるのが、あの男のすごいところだ。

「ところで聞いた？『希望』のあったビル、取り壊されちゃうかもしれないんだって」

不意に、釜男の声が寂しげに胸に響いた。

「取り壊し？」

「そうなの。老朽化もあるんでしょうけど、マンションにするって噂もあるわ」

「へぇ」

気のない返事だったが、湯月の心は違った。あの場所がなくなる——そう思うと、自分の一部が切り取られるような気持ちになる。今まで別の店が入ったり空き店舗になったりを繰り返してきたが、とうとう来る時が来た。避けられないことだ。

「寂しいわね。美玲ちゃんとも連絡途絶えちゃったし。馬場さんが亡くなってから、みんなバラバラになっちゃったもの。今頃どうしてるんだろ」

「さぁな」

「でも、あたしは亨ちゃんがいるからいいわ」

「いつでも来てやるよ」

「あら、嬉《うれ》しい」

「暇だからな」

素っ気なく言うが、釜男は嬉しそうに微笑《ほほえ》んでみせる。

「わざとそんなふうに言うけど、本当は違うって知ってるわ。器用なふりして、本当はそんなに器用じゃないことも……。だって、こんな寂しいオカマを見舞いに来る酔狂なところがあるのよ？」

「だから暇なんだよ」

「またそんな憎まれ口。器用な子は、他人のために大金を払ったりしないんだから」

「釜男は他人じゃないよ」

何気なく言った言葉だったが、それが釜男には嬉しかったようで涙を浮かべる。顔をぐしゃっと崩しながら両手を拡げて抱きついてきた。

「亨ちゃ〜ん」

「泣くなって」

女に泣かれるのは面倒だが、釜男に泣かれると困る。見た目はただのおっさんが、女の子のように泣きじゃくるのだ。酷い顔だ。そう指摘してやると、抗議をしながら涙を拭き、笑顔になった。それを見ると、なぜか安心する。

「じゃあな。そろそろ行くよ。明日の検査、がんばれよ」

釜男が疲れないよう、二十分ほど経ったところで湯月は椅子から立ち上がった。

「ありがとう。亨ちゃんも、無理しないで。今度、カレシ見せてね。写真でもいいわ」

「それは断る」笑いながら言い、湯月は病室を後にした。


タクシーで出勤した湯月は、いつもより少し早い時間に店に到着した。新人の西尾《にしお》が開店準備をしているところで、湯月を見るなり背筋を伸ばして挨拶《あいさつ》する。

「おはようございます。今日は早いですね」

「ああ。今日はお前が当番か。新人は当番が多くて大変だな」

「見習いで役に立ってないですから。早く僕も湯月さんみたいに、かっこよくシェイカーが振れるようになりたいです。まだ下手くそで」

西尾は二十一だが童顔で、もう少し若く見える。小動物のような印象がショットバーに似つかわしくないが、あと数年経ち、仕事を覚えてカウンターの中でカクテルを作る頃になれば、それなりに格好はつくだろう。

「毎日練習してれば、お前もできるようになるさ」

「は、はい」

「俺は着替えてくる」

ロッカールームに向かい、着替えを済ませてカウンターの中に入った。バーテンダーにとって、ここはコックピットだ。何がどこにあるのか、目をつぶっていてもわかる。

材料などのチェックをしていると、他の従業員たちが次々と出勤して、店内に少しずつ活気が出てきた。時間になり、フロアマネージャーが全員を集めて朝礼を開始し、それが終わると『blood and sand』の一日が静かに始まる。

いつものようにカウンターに立ち、客に酒を振る舞う。店では、毎晩夜十時からジャズの生演奏を聞くことができるようになっていた。今日は平日で比較的客は少ないが、この時間になると、生の音を求める者たちが集まる。

めずらしい客は、午後十一時になる頃、現れた。

「いらっしゃいませ」

フロアマネージャーの声に視線を上げると、眼光の鋭い偉丈夫が入ってくるところだった。『堂本組《どうもと》』の若頭だ。名前は沢田宗次《さわだむねつぐ》。斑目のいる『若田組』と同じ『誠心会』の二次団体で、歳は四十代前半の男盛りだ。斑目に負けず劣らずの男前で、ピンストライプのスーツを嫌味なく着こなしている。友好的な態度を取りながらも、腹の底では常に相手の寝首を掻《か》こうとしているしたたかな極道だ。斑目も警戒している人物の一人でもある。

沢田がボックス席に座ると、舎弟が二人、その斜め後ろに立つ。ヤクザ風を吹かせたりしないが、隠せないものはあった。戻ってきたフロアマネージャーが、カウンター越しに小さく言う。

「湯月。バランタインをロックでお出ししろ」

どうやらご指名らしい。ロック・グラスに氷を入れ、十七年もののウィスキーを注いでサービストレーに載せて運ぶ。

「お待たせしました。沢田様」

「湯月か。相変わらずいい店だな」

「恐れ入ります」

テーブルにコースターを置き、グラスを載せた。カウンターに戻ろうとするが、沢田はそれを許さない。

「ところで湯月。シマを荒らしてる連中がいるんだってな。おたくらのところの若頭補佐が、処理に当たってると聞いてるぞ」

「自分は、そちらの仕事には関与しておりませんので」

そう言ったが、嘘だ。『若田組』のシノギの一つが女だということは、湯月もよく知っている。中国から連れてきた女をソープに沈めて稼いでいるが、その女たちを逃がしている組織があるというのだ。はじめは一人逃げただけで、組織的な犯行だとは断定されなかったが、次に三人まとめて消えた。誰かの手引きで逃亡したと聞いている。組織の人間を捕らえるのが上から命じられた斑目の仕事だった。

シマを荒らす組織を完全に駆逐できるかは、今後の出世にも関わってくる。極道が舐《な》められたままでいては、後々のシノギに影響する。目の前をうるさく飛び回る蠅《はえ》たちをどう処理するか——。

逆を言えば、ここで大きな失態でも犯せば、斑目を潰そうとする勢力が一気に身を乗り出してくる。沢田がそれを期待しているのは、間違いない。

「やはり、ああいう仕事をやらせると、斑目の右に出る者はいないようだ」

関与してないと言った手前同意をするわけにもいかず、曖昧《あいまい》に笑みを浮かべて軽く頭を下げた。どう対応すべきか決めかねている湯月を見て、愉しんでいる。

「給料はたんまり貰ってるようだな」

手を取られ、指に唇を押し当てられた。さらに指を唇で挟まれ、軽く歯を立てられる。斑目の愛撫を思い出す湯月を、沢田は探るように見上げてきた。

「指が長い。バーテンには有利なのか？」

「いえ。特に関係ありません」

「そうか。だが、女を悦ばせるためなら有利だ。奥のほうまで届く。この指であそこをかき回して、愛液をたっぷり溢れさせているんだろう？　恋人はいないのか？」

「残念ながら」

「お前なら、その見てくれとこの指で女を好きにできそうだがな。それとも、もっと別の使い道があるのか?」

沢田が、斑目との関係を疑っているのは明らかだった。もしかしたら、懐柔しようとしているのかもしれない。

「ご想像にお任せします」

沢田が男もたしなむとは聞いていなかったが、ムショ経験のある人間だ。性欲処理のために、若い男の尻に突っ込むくらいのことはしただろう。それが目的のためなら、なおさら抵抗はないはずだ。

「男の味を知ると、世界が変わる」

「そういうものですか?」

「ああ。女とは別のよさがある」

「沢田様ほどのお方なら、なびく男がいても不思議ではありません」

「ふふん、上手いな。たらし込まれそうだよ。一度、本気で誰かに人生を狂わされてみたいもんだ」

どこがだ――湯月は、皮肉な笑みが漏れるのを堪えた。たらし込もうとしているのは、沢田のほうだ。

「名乗り出てはくれないのか?」

「一介のバーテンが、滅相もございません」

ようやく手を離してくれたが、触れられた部分にはまだ沢田の感触が残っていた。ごしごしと手を擦《こす》りたい衝動を必死で抑える。

「湯月。お前は利口な男だ」

「買い被《かぶ》りです」

「お前も、そろそろ先々のことを考えたほうがいい」

それは、斑目を潰すと宣言したのと同じだった。ここはシノギとは切り離された斑目の趣味でやらせている場所とはいえ、敵陣に乗り込んで大胆なことをするものだ。

「俺のところに来たら、可愛がってやるぞ。俺は女が好きだが、お前なら試してもいい」

「勿体《もったい》ないお言葉です」

確かに沢田はイイ男だ。斑目より立場が上で、男盛りで、性欲も斑目に負けていないだろう。裏切りは許さないと斑目に言われたが、この男に寝返ったら安全は保証されるかもしれない。今より、器用な生き方ができる可能性もある。

だが、その選択をすることに魅力は感じなかった。

「沢田に迫られたそうじゃないか」

斑目にそう言われたのは、沢田が店に来た翌日のことだった。

営業時間は過ぎ、店内には斑目と湯月の二人だけだ。カウンター席に座った斑目は、湯月の作るカクテルを存分に愉しんでいた。ＢＧＭはなし。生の演奏もいいが、今は静寂が鍵盤《けんばん》を叩くピアニストの代わりを務めている。ここ最近、忙しくしていたようで店に顔を出していなかったため、あの小さなトラブルを知っていたのかと軽い驚きを覚えた。このタイミングで姿を見せたのも、偶然ではないらしい。

「あの狸親父《たぬきおやじ》め。俺の失脚を望んでやがる。ついでにお前もいただこうって魂胆だ」

「なんなら、探りを入れましょうか？」

無言のまま、斑目は視線を上げて湯月の心を探るような視線を注いできた。

「あなたを裏切るふりをすれば、懐に飛び込めるかもしれません」

「躰を求められたらどうする？　尻を差し出すか？」

「そうですね。あなたの命令なら……」

従順な台詞《せりふ》に満足したのか、斑目は口許を緩めた。一束落ちた前髪の間から覗き見るその表情は、相変わらず男の色香を滲《にじ》ませている。夜の闇を住み処《すか》とする人ならぬ者のようだ。

それほど闇が似合う。いや、斑目が闇そのものなのかもしれない。

斑目がグラスを空にしたのを見て、湯月はそれを引き取った。

「同じのをくれ」

マティニィを催促され、ミキシング・グラスに大きめの氷をいくつか重ね入れて材料を注いだ。そして、静かにバースプーンを差し入れてステアする。少し前に提供したのと同じものが完成すると、コースターの上に置いた。それを一口飲んだ斑目は、満足げな表情を見せる。

「何度作らせても同じ味だ。さすがだな」

「散々仕込まれたので」

やはり、斑目にカクテルを提供する時というのは、ちょっとした高揚があった。

血が騒ぐような気がして、自分に落ち着けと命令する。どんな相手にも同じ態度で酒を振る舞うのがプロだ。それはわかっている。けれども斑目は別だった。どうしようもない。

なぜ、こんな気持ちになるのだろうと不思議だった。馬場が死に、『希望』という自分の居場所を失ってから、湯月は長いことカウンターの中に立つことはなかった。やろうと思えば、見習いのバーテンダーとして働くことはできたはずだ。その気になれば、いくらでもチャンスはあった。けれども、湯月はそれをしなかった。

理由はわからない。たとえバーテンダーになろうとも、『希望』の代わりになる場所はないと、心のどこかで思っていたのかもしれない。そんな湯月に、もう一度バースプーンを握らせた男が斑目だ。だから、他の誰にも感じない高揚を抱いてしまうのだろうか。

「それで、沢田の件はどうします？」

「お前が簡単に自分になびかないことくらい、奴もわかってるさ。逆に利用されかねない」

確かに、斑目の言う通りだ。斑目が警戒するほどの男が、一介のバーテンダー相手にそうそう尻尾《しっぽ》を出すわけがない。

「それより湯月、例の場所を使うことになりそうだ。鍵を準備しておけ」

「病院のほうですか？」

「ああ、そうだ。いつでも患者を受け入れられるようにしておきたい」

それは、湯月が管理を任されている場所のことだった。

管理と言っても、物件に関する書類や鍵を持っているだけで、実際に動くのは斑目が特に信頼を置いている若い衆だ。債務者の追い込みに使う監禁場所もあれば、シノギに関する書類を隠しておく古びたアパートもあった。捜査機関が乗り出した場合、証拠になる書類に辿《たど》り着かせないようにだ。

意外にも斑目が男を囲ったのは湯月が初めてらしく、それがいい隠れ蓑《みの》になっていた。

女のところに証拠を隠しておくのはよくあることだが、湯月が斑目の愛人だということは限られた人間しか知らない。湯月は情報の隠し場所として、よく機能している。

「明日取りに行かせる」

「わかりました」

斑目の言葉が意味するのは、上の人間から任された仕事が順調に進んでいるということの証明に他ならない。おそらく、組織の人間を捕らえる目途がついたのだろう。

近いうちに動きがある。

「捕まえたら、組織のことを吐かせる」

拷問を連想させる言葉に、湯月は背筋がゾクリとするのを感じた。斑目の奥に潜む悪に本能が反応したのかもしれない。サディストの血と言ってもいい。

シマを荒らし、コケにしてくれた相手に容赦ない制裁を加え、後悔させることへの期待。

それは、斑目の表情からもわかる。時折、ベッドで見る顔だ。湯月を突きまくりながら、斑目はこんな顔をする。サディスティックだが、湯月はそんなところに色香を感じずにはいられない。自分もまともじゃないと、痛感した。

「俺がこの処理を上手くやれば、あの狸は歯ぎしりするだろうな」

勢力争いの一端を見せられながら感じるのは、極道同士のただの争いではなく、斑目の底にある姿だ。すべてを呑み込もうとする闇そのものを感じる。

「まだ飲みますか？」

「ああ。どうしてだ」

「底がないのかと……」

まったく表情を変えない斑目を見て、どこまで飲ませれば変わるのだろうと、小さな興味を抱いた。この五年半、酔い潰れたところを見たことがない。そんな姿を晒すような男でないことはわかっているが、だからこそ見てみたい気もした。

「飲み比べてみるか？　ハンデはくれてやるぞ」

もう随分飲んでいるのに、勝つことを少しも疑っていない斑目を見て、その表情を崩してやりたくなる。いつも優位に立って人を見下ろしているような男の鼻を明かすのは、さぞかし気分がいいだろう。

「これでも結構強いですよ？」

言って、ズブロッカの瓶を取り出した。中にバイソングラスという薫り高い稲科の植物をつけ込んだウォッカだ。強い酒を一口で飲めるよう、ショットグラスも一つ取り出す。

「ただ飲むのもつまらないですから、ゲームをしませんか？　一杯飲むごとに相手に質問をする権利を手にするんです。質問には必ず答えるのがルール。交代でやります。どうです？」

ときどき『希望』に来る客がしていたゲームだ。ゲームが進行して酔いが深くなるにつれ、判断力がなくなって普段なら決して聞かないことを口にしてしまう。質問する場合もされる場合も、同じだ。どうしても聞き出したい質問は、後に取っておく。だが、頃合いを見すぎても駄目だ。先に酔い潰れたら、自分のほうが丸裸にされる。

「いいぞ。面白い」

「じゃあ、俺から質問していいですか」

斑目は答える代わりにズブロッカの瓶を手に取り、ショットグラスに注いだ。湯月はそれを手に取り、一気に呷《あお》ってグラスを置く。

「どうしてヤクザに？」

「幸司《こうじ》が医者を目指したからだ。性に合ってたってのもある」

幸司とは、腹違いの兄の名だ。以前、聞いたことがある。

今度は湯月がグラスに酒を注いだ。斑目が手を伸ばして呷る。

「お前があのへんてこな怪獣が好きなのは、どうしてだ？」

軽いジャブとばかりの質問に、思わず笑った。このゲームの面白さを理解している。

「なんとなく……愛着ですかね。唯一父親に貰ったおもちゃだったから」言って、斑目が空にしたショットグラスに手を伸ばした。注がれ、呷った。

「お兄さんが医者なら自分はヤクザ。なぜそう思ったんです？」

「単純だ。あいつが人の命を救うなら、俺は奪う。いろんな意味でな」

確かに、殺人という意味だけではなく、斑目たち極道のシノギは人の命を奪う。『未来』と言ってもいいのかもしれない。

湯月は、ショットグラスに酒を注いだ。

「女を覚えたのはいつだ？」呷ったグラスを置きながら、斑目が聞く。

「十五の時です」

言い終わらないうちに注がれ、酒を呷った。ペースが速い。

「お母さんは愛人だったんですか？　それとも後妻？」

「どっちもだ。もとは愛人で、すぐに後妻として籍に入った」

また注いだ。斑目の喉が上下するのをじっと眺める。

「セックスは好きか？」

その質問に、意味深に目を合わせた。「ええ、満足させてもらってますよ」

斑目も湯月を探るように見る。またすぐに注がれた。喉が焼ける。

「お兄さんとは、仲が悪いんですか？」

「目障りに思ってるのは確かだ」

「どうしてです？」

「今度は俺の番だぞ」

興味を抑え切れずについ聞いてしまい、冷静になれと自分に言い聞かせた。斑目はまだ余裕だ。酒を注ぎ、質問を待つ。

「親戚の家で何をされた？」

「特に何も……。居場所がなかっただけです」

「嘘をつけ。どうして親戚の家を出て所在不明児になった」

「俺の番です」

「嘘は無効だ。答える気がないなら、ゲームはここで終わりだ」

斑目の勘のよさには、負ける。あまり思い出したくないが、ルールはルールだ。観念して正直に白状する。

「大学生の従兄弟《いとこ》に風呂《ふろ》を覗かれました。男です」

「そうか……」

意地になり、自分からショットグラスを前に滑らせて注ぐよう催促した。呷る。

「どうしてお兄さんが目障りなんですか？　前妻の子だから？」

「いや。ただ、やることなすこと気に喰わないだけだ」

「具体的に」

続けての質問だったが、今度は指摘されなかった。答えが曖昧だったと思ったのだろう。

「俺の欲しいもんは、奴も欲しがった。ガキの頃はおもちゃだ。次に女。俺が欲しいと思った女は、いつも奴が狙ってた。中学の時も高校の時も……。俺が興味を示したものは、すでに奴が目をつけてる。ことごとくな」

話してくれたのは、感情が表に出たからだ。それはつまり、感情的になる相手だということだ。似た者同士、という言葉が浮かんだ。好みが被るだけだ。似すぎているのかもしれない。魅力を感じるものが同じだと、敵対して当然だ。

そして、意外に子供っぽい理由だったことに、ますます興味が湧いた。心が躍ったと言ってもいい。

斑目が言っていることは、ガキそのものだ。思えば初めて店に招き入れられた時、自分の店が明日から営業すると言って、おもちゃを自慢する子供の一面を見せた。あれが、斑目に対する興味の始まりだったように思う。

「どうした?」

空のショットグラスを持ったまま、酒を注がれるのを待っている斑目に気づいて、すぐに酒瓶に手を伸ばした。斑目の飲みっぷりは、見ていて気持ちがいい。

「風呂を覗かれる以上のことはされたか?」

「いえ。その後すぐに親戚の家から逃げたので」

子供だった頃のことを思い出し、グラスの酒を自分に放り込む。

「お兄さんに大事なものでも奪われたんですか?」

「俺がそんな間抜けだと思うか?」

「それは質問ですか?　それとも答えですか?」

「『ノー』ってことだ」

躰が熱くなってきた。既にショットで六杯飲んでいる。あとどのくらい飲めば、斑目を丸裸にできるだろうと思う。次じゃないと思いながら、またグラスに注いだ。

「湯月。俺がその従兄弟を殺してやると言ったら、どうする？」

「そんな価値すらないゴミですよ」

七杯目。

「今、どんな悪さをしてるんですか？　シノギとは別に、何かしてるでしょう？」

「幸司から大事なものを奪う準備をしているところだ。奴に思い知らせてやる」

「何をです？」

またルールを破ったが、斑目は気にしない。

「俺が幸司に負けてないってことをだ。いつまでも兄貴面されては困る」

自分の兄なのに、兄貴と言うところを今まで一度も聞いたことがなかった。言い慣れていないのだろう。そして、兄貴と呼ぶことに抵抗を感じている。

徐々に酔いが深くなってくるのがわかった。そうこうしているうちに、斑目が自分で酒を注いで呷った。

「どうして俺の愛人をやる気になった？」

「さぁ。どうしてですかね」

従兄弟からは逃げたのに、なぜ斑目の誘いには乗ったのだろうと思う。逃げた時はまだ子供で、斑目に愛人契約を提案された時は大人だった。けれども、そんな単純な理由じゃない。

気がつけば、いつの間にか斑目がカウンターの中に入ってきていた。ゴブレットグラスの中に卵黄とケチャップ、胡椒《こしょう》などが入っている。

プレーリーオイスター。

カクテルのレシピとして存在するが、はっきり言えばただ生卵に味をつけただけのものだ。二日酔いに効くらしいが、これがゲームの終わりを意味しているとわかった。

「まだ……潰れてませんよ」

「じゃあ、質問に答えろ」

すぐ近くから顔を覗かれ、その瞳に魅せられながら自分の本音を捜す。こうして見つめられていると、答えはすぐに見つかった。

「あなたが、子供みたいに自慢げな顔で自分の宝物を見せてくれたから……ですかね」言ってすぐに自分でグラスに酒を注いで呷り、再び質問を始めた。

酔い潰れた湯月を店のオーナールームのソファーに寝かせ、自分のスーツの上着をかけてから店を出た斑目は、舎弟の運転する車の後部座席に座っていた。流れる景色を見ながら、充実した時間の余韻を愉しむ。

今日はセックスをしに行ったのに、結局酒を飲んだだけで終わった。

　しかし、湯月とのゲームは、思いのほかよかった。旨い酒といい音楽を愉しむために始めたバーだが、当初の目的以上の役割を果たしている。

(俺を丸裸にするつもりだったか、湯月)

カウンターの中でカクテルを作る湯月の姿を思い出し、問いかける。従順なようで、ただヤクザに尻を振る雌猫ではないとわかっていたが、今日はそれを強く感じた。質問の鋭さもそうだが、湯月が口にした斑目への評価だ。

『あなたが、子供みたいに自慢げな顔で自分の宝物を見せてくれたから……ですかね』

子供の頃に風呂を覗かれた経験は不快なものだっただろうに、なぜ愛人契約を結ぶ気になったのか知りたかったが、あんな答えが返ってくるとは思っていなかった。

(俺をガキ扱いしたのは、他人ではお前が初めてだよ)

面白くないはずだが、不思議と嫌な気はしない。あんなことを言う度胸がある人間がまだいたのかと、むしろその発言を快く思っていた。出世のスピードが早いだけに、組の中で斑目より上にいる人間が少なくなっているからかもしれない。もちろん、舎弟でも必要に迫られて意見を言うことはあるが、湯月が発した言葉はまったく違う。

湯月のああいうところが、斑目がいつまでもあの男を囲っている理由の一つでもあった。

唯一囲った男であり、唯一気まぐれで拾った相手。常に計画的に物事を進める斑目の人生の中で、例外とも言える。

その時、斑目が目をかけている若い衆からの電話が入った。シマを荒らしている中国人の組織を探らせているが、おそらくその件に関する報告だ。

「俺だ」

電話は、予想通りだった。

用心深い相手だったが、ようやく罠にかかった。囮《おとり》にしていた女たちを逃がそうと、客を装い、彼女たちとコンタクトを取っている。

（ようやく姿を現したな）

極道のルールを無視し、コケにしてくれた相手だ。徹底的にやる必要がある。そして、手加減しなくていい相手でもある。しがらみがないだけに、むしろ扱いやすい。

「そいつから目を離すな。何人使ってもいい。必ずその男を捕まえろ」

それだけ言って電話を切り、すぐに別の相手に電話をかけた。限られた者にしか知らされていない番号を斑目が知っているのは、特別な地位にいる証だ。

「若頭。今いいですか？」

電話の相手は、菅沼俊之《としゆき》――『若田組』の若頭で、斑目を買っている人物だった。自分が昇進すれば、三人いる若頭補佐の中で斑目を次の若頭にと考えている男でもある。

「例の件ですが、まともな報告ができそうです。明日、伺ってもいいですか？」

『ああ、もちろんだ。そうか、目途がついたか。思ったより早かったな。やはり、お前に任せたのは正解だった』

「それから、一つ面白い報告もあります」

『電話では言えないことか？』

「沢田に関することです。できれば直接話したほうが……」

『なるほど。簡単に言えないようなことか。楽しみにしてるぞ』

斑目に直々《じきじき》に今回の仕事を言い渡した男の満足げな声を聞き、斑目もまた上機嫌になった。

「それでは、明日」

報告が終わると、タバコに火をつける。

愉しみになってきた――斑目は自分の思い通りにコトが運んでいる現状に、不遜《ふそん》な笑みを漏らした。

シマを荒らしている組織の人間を捕らえたと湯月が聞いたのは、斑目と飲み比べをしてから一週間ほどが過ぎてからだ。用意しておくよう言われた元病院の鍵は既に、斑目が信頼を寄せる指原《さしはら》という舎弟に渡してある。さすがに仕事が早い。

組織は、すぐに壊滅するだろう。逃げた女は戻らないだろうが、『若田組』には手を出してはいけないと思い知るはずだ。そして、斑目はまた一つ階段を上る。三人いる若頭補佐の中で、追いつけない差を他の二人につけるのだ。現若頭の菅沼が昇進した時、次の若頭として斑目を推すことに誰もが納得せざるを得なくなる。

苛烈《かれつ》を極める権力争いの中で、斑目がリードしているのは間違いなかった。

「誰にシェイカーの振り方教わったのか、聞けばよかったな」

「え、何？　何か言った？」

ぼんやりと零した湯月をハッとさせたのは、散歩中の犬のように点滴の袋にチューブで繋がれた釜男だった。病院の中庭のベンチで二人並んで座っていた湯月は、また少し髪が薄くなった釜男に目をやり、軽く笑みを見せながら「なんでもないよ」と言う。

斑目とゲームをした夜から一週間経っているが、湯月はあの時のことをいまだに反芻《はんすう》するのをやめられなかった。

季節は夏の盛りで、躰に熱が籠もっていく一方だ。常に絡みつくような不快な空気で満たされている。

「仕事忙しいんじゃない？　無理してお見舞いに来なくていいわよ」

「今日は休みだからゆっくりできるんだよ。それより釜男。検査どうだった？」

「変わらずってところね。放射線治療でなんとか抑えてるけど、よくもならないし悪くもならない。現状維持よ」

「手術は難しいのか？」

「今のところ、お薬で抑えるしかないみたい。難しい場所なんだって。まずお薬で癌を小さくしてからじゃないと、手術は無理」

釜男は、諦めたように笑っていた。

そんな顔は見たくない——静かな怒りのようなものが、自分の中にあるのを感じた。それは命を諦めている釜男にではない。医療とも違う。強いて言うなら、運命にだ。なぜ、釜男が癌などにならなければいけないのだろうと思う。確かに持って生まれた性の通りに生きられず、親とは絶縁状態だが釜男のせいじゃない。

釜男はいい奴だ。男に貢いではすぐに捨てられたのも、バーに入り浸る所在不明児のような子供に優しくしたのも、釜男がいい奴だからだ。男にフラれて寂しいと言って、飯を作ってくれたこともある。あれは、自分の寂しさを紛らわせるためではない。

なぜ、不器用にしか生きられない人間にさらなる追い討ちをかけるのか——。

「もっといい病院に転院できないのか？　金ならなんとかするぞ」

「いいわよ。十分してもらってるもの」

「諦めるなよ」

「だって、手術って怖いし。お医者様が放射線治療でっておっしゃるんだもの」

「医者の言うことがアテになるのか？」

「プロだもの。それにね、担当の先生って案外イイ男なのよ。惚《ほ》れちゃいそう〜」

両手で口許を押さえながら頬を赤らめて肩を竦《すく》ませるのを見て、白衣の男前を観賞するのもいい治療になるかもしれないと思った。確かに、主治医は若い医師だ。見た目もいい。けれども、半分はこれ以上湯月に負担をかけまいとしての発言だということも、なんとなくわかっていた。

「亨ちゃんって、相変わらず優しいのね」

「釜男にだけだ」

「やだ。そんなセクシーな台詞吐いたら、誤解しちゃうわよ」

「していいぞ」

笑いながら言い、肩に腕を回す。軽く引き寄せると、釜男は躰をあずけてきた。さらに甘えるように肩に頭をのせる。

「あたしみたいなおっさんと、こんなことしてくれるの？　やっぱり優しいのね」

「なんならキスもしてやろうか？」

「ほんと？」

顔を上げた釜男のこめかみに、キスをする。本当にするとは思っていなかったのか、釜男は驚いた顔をし、すぐに笑顔になった。

「すごくロマンチック」

「入院してると退屈だからな。気が紛れるなら、いくらでもするよ」

入院患者の車椅子を押す看護師が二人を見ているのに気づいたが、彼女はすぐに目を逸《そ》らした。男同士でいちゃついているカップルを不快に思ったのだろう。だが、そんなことは気にならない。釜男が少しでも元気になるなら、どう思われてもいい。

蟬の声に、今までと違うものが混じった。ひぐらしだ。

「病室に戻るか」

「ええ、そうね」

立ち上がった湯月は、釜男の歩調に合わせて点滴スタンドをゆっくりと転がした。なんの面白味もない白い箱の中に、再び釜男を放り込まなければならないことに憂いを覚える。

病室に戻ってベッドに釜男を寝かせる時に、それは一際大きく湯月の胸に広がった。

「退院したら、飲みに来いよ。俺の奢《おご》りで飲ませてやるから」

「そうね。まだ一度もお店に行ったことないものね。カレシも見たいし」

何度否定しても斑目のことをカレシと言うのをやめない釜男に根負けして、笑う。もう否定する気はない。

「見たら、お前テンション上がるぞ」

「そんなにイイ男なの？」

「見た目はな」

「やだ。楽しみ」

「だから、早く元気になれよ」

　軽く手を挙げて病室を出ると、タクシー乗り場に向かった。自分のマンションに戻ったのは、それから四十分後だ。午前中に干しておいた洗濯物を取り込んだりして雑用を済ませ、夕飯は外に食べに出る。日が完全に暮れても気温は下がらず、背中に軽く汗が滲んだ。

　金と同様、湯月は食べることに関してもあまり興味はなかった。親戚の家では、肩身の狭い思いをしながら食卓についていたからかもしれない。食べ盛りの時も、お代わりなんて言える立場ではなく、惨めな気分と切っても切り離せないものだった。親戚の家から逃げ出した後は、腹を満たすことばかりを優先させていたため、食事を楽しむ余裕などなかった。

　唯一、釜男が作ってくれたものを食べた時だけが、違った。食べる自分を嬉しそうに眺める釜男に、なんとなく心が温かくなるような、むず痒《がゆ》いような思いをしたのを覚えている。ああいうのは苦手だが、嫌いかというとそうでもない。

　居心地が悪いのに、こういうのも悪くないと思ったのはなぜだろう。

　その時、黒いベンツを横づけされた。黒いフィルムを貼った後部座席の窓がゆっくりと下り、沢田の姿が見える。相変わらずいいスーツを身につけていた。座っているだけだが、その姿から地位のある人間だという空気が滲み出ている。他人にハンドルを握らせ、ドアを開けさせ、頭を下げられることに慣れている者の空気だ。

斑目も、同じものを持っている。

「沢田様」

「偶然だな。この辺りに住んでるのか?」

「はい」

「店はもう営業してる時間だろう。今日は休みか?」

「はい、そうです」

「だったら、飯でもどうだ? これから喰おうと思っていたところだ」

「すみません。今食べてきたばかりで」

そう言ったが、沢田はすぐに立ち去ろうとはせずマンションまで送ると言う。ここで断れば後々面倒なことになりそうで、湯月は素直に後部座席に乗り込んだ。沢田の隣に座るのは初めてだった。車内はエアコンが効いており、しっとりと汗ばんでいた背中が冷やされてゾクッとする。

「ところで、シマを荒らしてる連中の一人を捕まえたそうだな。さすがだ。仕事が早い」

知っているのか……、と情報を把握する能力の高さに、思わず皮肉な笑みを漏らしそうになった。

「俺はただのバーテンですので。組の仕事については、聞かされてません」

「そう言うな」

手のうちを見せるような言葉に、その横顔を一瞥する。

「確かに、奴はできる男だ。誰もが認めている」

「沢田様のほうが、お立場は上でしょう？　オーナーに沢田様ほどの権力はまだありません」

「上手いな。男の転がし方を知っている」

「そんなつもりは……」

「俺を転がしてみるか？」

「勘弁してください」

膝の上に手が置かれた。同時に、湯月の携帯が鳴る。斑目だ。まるで自分のものに手を出そうとする者に、警告しているようだ。だが、相手が悪い。湯月が斑目の愛人だということに沢田は気づいているだろうが、敢《あ》えて目の前でそれを見せてやる必要はない。

「誰からだ？」

「友達です」

「出ていいぞ。遠慮するな」

ここで出ないわけにもいかず、湯月は言う通りにした。

『湯月か、どこにいる?』

「なんだ?　久し振りだな。元気にしてたか?」

それだけで斑目はすぐに察したようで、声をひそめて言った。

『誰といる?　沢田か?』

「ああ。今日は仕事休みだったんだ。飲みに行くなら、もっと早く誘えよ」

『電話は俺だと気づかれてるか?』

「多分。その日なら空いてる」

『そうか。まぁいい。変に探るなよ。そのまま帰ってこい』

「今、車で移動中なんだ。飯も喰ったし、もう帰るところだから」

『後で電話しろ』

「わかったよ。じゃあ、また今度な」

電話を切ると、携帯をポケットにしまった。見ずとも沢田の視線が自分に注がれているのがわかるが、気にしない。

「友達がいるのか?　あまり社交的じゃあなさそうだがな」

下手な芝居だったか……、と思いながら、釜男のことを思い出して本音を口にする。

「これでも昔は何人かいたんですけど、今も連絡を取っているのは一人だけです。あいつはいい奴だから、長いこと友達でいられたんだと思います」

心からの言葉だったからか、沢田はそれ以上何も言ってこなかった。マンションが見えてきて、ようやくこの空間から解放されるのかと安堵《あんど》する。自覚していなかったが、さすがに緊張していたようだ。

「送っていただき、ありがとうございます」

「気にするな。ついでだ」

頭を下げると、走り去る車が建物の陰に消えるまで見送る。用心し、斑目に連絡を入れるのは部屋に入るまで我慢した。

『戻ったか?』

「はい」

『また迫られたのか』

「いえ。今日は特に何も……」

『そうか。それならいい』

「ですが、例の件を既に知ってました。沢田の情報網は侮れません」

『想定内だ。それより、明け方頃に部屋に行く』

斑目の声から、なんとなく機嫌がいいのがわかった。沢田のことも、あまり気にしていないらしい。用心深い斑目にしてはめずらしいが、『想定内』という斑目の言葉で自分を納得させた。

「飲みますよね？」

『ああ』

電話を切った湯月は、冷蔵庫の中を確認した。

湯月の部屋に内装業者を入れてホームバーを作らせたのは、斑目だ。店が営業していない時でも、酒が飲めるようにしている。店に比べて品揃えは少ないが、斑目が好むものを中心に置いているため、不自由はしていないようだ。

ついでにセックスもできるとなれば、いい息抜きにもなるだろう。

斑目が好んで飲むカクテルに必要なものが揃っているかチェックし、切らしていたナッツを買いに出かけた。

斑目がマンションに来たのは、東の空が白み始める頃だった。
今日は機嫌がいい——電話で声を聞いた時の勘は外れてはいなかったが、だからと言って優しく抱くような相手ではなかった。

カクテルを飲んだ後、シャワールームに連れていかれた時は完全に日は昇っていたが、そんなことにこだわるような男ではない。しかも、その日はなぜか腸内を洗浄するよう命令され、斑目に見られながらあらかじめ用意されていた専用の道具を使って恥辱に耐えることを強いられた。

そして部屋に戻った今は、背後から組み敷かれ、思いやりのない抽挿に責め苛《さいな》まれている。

「んぁ……っ、……ぅっく、……はぁ……ぁ……、あ！」

後ろは柔らかくほぐれているが、斑目の雄々しい屹立《きつりつ》は湯月を苦悶《くもん》させていた。何度抱かれても、その太さに慣れない。だが、苦痛ばかりではなく、逞《たくま》しい男根で中を擦られるとゾクゾクとした快感に見舞われる。

「……何か……っ、いいこと、でも……、……あった……ん、ですか？」

「どうして、そう思う」

「……ぁ……っく！　……んぁ……あ……、……はぁ……っ！」

今日の斑目は、いつになく加虐的だった。奥を突かれ、湯月は唇をわななかせながら自分がいかにこの行為に夢中なのか、本音を吐露してしまう。

好きなように自分を抱く男を恨めしく思うのと同時に、己の中にそれを深く望み、欲している部分があるのを認める。虐げられるほどに、躰は熟れていくのだ。この五年半で仕込まれたものは、湯月本人ですらコントロールできないものへと変貌《へんぼう》している。

「答えられないか？」

「なんとなく……そう、……感じました」

「まぁ、確かに、お前の言う通りだ」

素直に答えたのが、驚きだった。後ろを振り返り、斑目と目を合わせる。

また、深いところを突かれた。

「――ぁあ……っく！」

「欲しいものがあると言っただろう」言って、斑目は一度湯月の中から出ていき、ジェルのチューブを後ろにあてがった。直接注入され、なんとも言えない感覚に眉をひそめる。

「んぁあ……っ、……ん……っく、……ぁあ……っ」

大量のジェルがたまっていくのを感じながら、どこまでする気だろうと、サディスティックに自分を抱く男が恨めしかった。こういう時は、とことん愉しむのが斑目だ。今日はそう簡単に解放してもらえないだろうと、覚悟をする。

「以前から手に入れたいと思っていた男を、手に入れられそうだ」

男と聞いて、小さな驚きを覚えた。斑目が出世すること以外に興味を示すところを見たのは、初めてかもしれない。少なくとも、誰か別の人間を手に入れたいと聞いたことは今までになかった。

体温で温まったジェルは中に留《とど》めておくのが難しく、すぐに零し、太股《ふともも》の内側が濡れた。

「零すな、湯月。ちゃんと堪えてろ」

「無理……言わないで、……くだ、さ……、ぁあ……ぁ……」

一度漏らすと、あとは取りとめがなかった。小便と同じだ。辛うじて全部は零さなかったが、半分ほど出してしまっただろうか。途中でなんとか止めても、湯月の努力を嘲笑《あざわら》うかのように、斑目はさらに別のジェルのチューブに手を伸ばす。

金で買われた愛人の立場で文句は言えないが、いい性格をしている。無理だと訴えるほど、斑目は無理を強いるだろう。

「今度はちゃんと留めておけよ」

「ぁあ……っ」

ベッドにしがみつき、少しずつ腹の中が満たされるのを感じながら、零さないよう必死で耐えた。尻は異物を出したがり、同時に斑目を欲しがる。

「いいぞ。そのままだ」

尻が疼いてたまらなかった。一度挿入されて激しい抽挿で刺激されただけに、ジェルを注入されて放置されている今は、オアズケを喰らっているのと同じだ。浅ましい欲望が、斑目を欲しがってせがむ。早くくれと、自分に突き立てて激しく突いてくれと、懇願している。

「奴は兄貴の弱点だ。医者でな……。必ず手に入れる」

ギリギリの状態に耐えながら、聞いてもいない男のことを聞かされて湯月は、手放しかけた理性の欠片をしっかりと摑んだ。何も考えずに溺れたいのに、それもできない。

「奴には、俺のために闇医者として働いてもらう。腕はいい。それに、兄貴に仕込まれてるようだからな。ますます愉しみだ」

「……兄弟、揃って……いい、趣味……、ですね」

思わず憎まれ口を叩いてしまったのは、なぜだろう。自分でも把握できない思いが、心の奥底にあった。それがなんなのかは、わからない。

「なんとでもいえ。クソ真面目な医者だ。世間知らずだが、案外根性がある。苛《いじ》め甲斐《がい》のある男だよ」

愛人である湯月を組み敷きながら新しく男を囲う算段をする斑目に、なんて人だと呆れずにはいられなかった。

「またジェルが染み出てきたぞ。限界か？　俺が欲しいだろう？」

耳許で揶揄《やゆ》され、熱く、凶暴な斑目の屹立を思い出した。ほんの少し前まで自分の中にいた熱の塊。それは斑目の奥に蠢くものを連想させた。

「嫉妬するか？」

「俺が……ですか？」

「ああ」

「他で……発散、してくれたら……、……ぁあ……、……っく、……少しは、……俺も……、楽に……、ぅう……っく」

それは、本音でもあった。たまらなく快感で、倒錯めいたこの行為にどっぷりと浸かっているると、自分がこの先どうなるのか想像して怖くなる。これ以上、深みに嵌まりたくないという気持ちがあった。これ以降は危険だと、自分でもわかっている。

同時に、もっと深く堕ちていきたいという誘惑もあった。

我ながら、支離滅裂だと思う。

「でも……、その医者に、あまり……うつつを、抜かしていると……沢田に……、足元を……、掬《すく》われ、ますよ……」

今これを口にしたら、酷く責められるとわかっていたが、止められなかった。

斑目が、そんな間抜けではないとわかっているが、時折見せるガキの一面があるのは確かだ。湯月に初めて『blood and sand』を見せた時に覗かせた顔。それは、腹違いの兄が絡んだ時も現れる。

大事な仕事を任されている今、同時に別のことに目を向ける余裕はないはずだ。それなのに、我慢できないほど欲しい相手なのだろうかと思う。

「俺がそんな間抜けだと思うか?」

あてがわれ、湯月はそれを存分に味わおうと無意識に目を閉じた。十分にほぐされたそこをかき分けるように、熱の塊が押し入ってくる。

「――んぁあ……っ、あっ、……ぁあ……ッ…」

欲しい相手を想像してたぎったのか、折檻《せっかん》するような激しい抽挿が始まった。

「ぁあ……っ、……っく、……はっ、あっ、……っ、……っく！」

「捕らえた男から、必ず情報を引き出す。拷問ってのはな、難しいんだ。死なない程度にやる必要がある。医者がいるのといないのとでは、違う。俺が、自分の置かれている状況を、見失ってると思ったか？」

確かに、斑目の言う通りだ。忠告するまでもなかったことを思い知り、自分の失言だったと深く反省する。

「あなたの……っ、ぁ……っく、言う……ッ、……とおり……、で……、ぁあっ」

「俺は俺の目的も、自分の役割も同時に果たす。兄貴に仕込まれた医者は、善良な男だからな。必ず泣きを入れてくる。愉しみだよ」

その男のことを考えたからか、深いところで斑目がより大きくなったのがわかった。脳天まで突き抜けるような快感に、湯月は激しい目眩《めまい》を覚える。平衡感覚が失われるようだ。

「もう一つ教えてやる。うちのシマを荒らしていた組織に、沢田が手を貸した形跡がある」

「……っ！　……ん……っ、……く！」

「沢田の野郎、うちの若頭とは折り合いが悪い。どうやら便乗しやがったらしい。その証拠さえ摑めば、奴の弱点を握ったも同じだ。失脚するのは、俺じゃない。奴だ」

前後に揺さぶられた後は、中をより深くえぐるように腰を回しながら責められる。

「ぅう……っく、……ぁ……あ……ぁあ……、……ッあぁぁあ……ぁ……あ」

なんて快楽。なんて灼熱。なんて衝撃。

欲しいものを手に入れる画策をしながらも、なおかつ出世を阻もうとする敵から目を逸らさず、それどころか気づかれないよう背後に回り、その息の根を止める瞬間を狙う——その姿は、清々《すがすが》しいほど悪の色に染まっている。

斑目のしたたかさを見せつけられたからか、湯月の躰はより淫《みだ》らになっていく。

「……はぁ、……ぁあ……、……そこ……、も……、……っ」

「注いで欲しいか?」

「……はっ……、……早く……、……はや……く……っ」

「いいぞ、湯月。俺が突きやすいように、自分で膝を抱えろ」

「う……っく、……ぁ……ふ、……ぅう……っ」

繋がったまま仰向けに体勢を変えられ、命令される。言われるまま膝の裏に手を入れて脚を拡げ、目を合わせたまま『突いてくれ』とばかりに己を差し出した。

「ちゃんと、俺に合わせろよ」リズミカルに腰を打ちつけられ、揺さぶられる。

肌と肌がぶつかり合う音を聞きながら、自分を見下ろす斑目のサディスティックな視線に晒されていると、いとも簡単に高みに連れていかれた。

「はっ、あっ、あっ、――ぁぁあぁあああ……ッ！」

　斑目の熱いほとばしりを奥に感じるのと同時に、湯月も絶頂を迎える。下腹部を震わせながら自分を解放する瞬間、気を失いかけた。辛うじて留まったが、放った後も尻がビクビクといつまでも痙攣するのをどうすることもできない。

「う……っ」

　斑目が出ていく感覚に、湯月は小さく呻《うめ》いた。

　息をつき、自分で後始末をしてからよろよろと立ち上がる。中に放たれた白濁が、太股を伝って流れ落ちた。ずっと挿《い》れっぱなしだったため、あそこの感覚がない。シャワールームで腸内を洗浄されたおかげで出てくるのはジェルだけだが、それでも他人の前で漏らすことに抵抗がないわけではなかった。

　時間を問わず湯月を抱くのは今に始まったことではないが、今日はやけにしつこかった。くたくたで、思考がぼやけている。

　だが、ようやく解放されたかと思いきや、手を取られて再びベッドに連れ戻される。

「……今日は、……仕事、なんですけど」

「それがなんだ？」

「出勤前に……寝たいんです」

「心配するな。まだ昼前だ」

再び、仰向けに寝かされた。斑目の命令には逆らえない。

覆い被さるように、自分を見下ろしている悪の化身のような男を虚《うつ》ろな目で見上げることしかできなかった。既に力を取り戻している自分の中心を摑み、また挿れてやるぞとばかりにあてがってくる男を眺めながら、湯月は観念して身を差し出す。

「……ぁあ……ぁ……、ッあ……ぁあ……あぁああ……、……ぁ……く」

湯月は、ゆっくりと押し入ってくる斑目を味わうのをやめられなかった。もう十分だというのに、休みたいのに、同時に欲しいと思っている。

仕方なく応じたはずが、斑目の侵入を望む淫獣が自分の奥で口を開けるのを感じる。

散々拡げられたそこはやすやすと屹立を呑み込み、何度も擦られたところは、まだ足りないというように斑目に柔らかく吸いついた。

湯月を存分に抱いた斑目は、自分だけシャワーを浴びた後舎弟を部屋に呼んだ。旨いカクテルが飲みたかったが、叩き起こす気にはなれず、新しいワイシャツに袖を通してネクタイを結ぶ。

手に入れようとしている医師のことを話しながら湯月を抱くことに、なぜか高揚した。なぜ、わざわざ愛人に自分の計画を話したのか——考えるが、わからない。

「あの……」

「どうした?」

スーツの上着を斑目に着せながら、舎弟の指原が切り出そうとした。言いにくそうにしているのは、何か意見したいからだとわかる。

「いいから言え」

「はい。その……もう随分、美園姐《みそのねえ》さんのところに顔を出していません」

「美園か……。そうだな」

斑目が囲っている女の一人のことだ。銀座の高級クラブを任せている。

『blood and sand』は趣味のバーだが、女にやらせているのはどれもシノギの一環だ。金はもちろん、政財界の大物たちが集う場所には情報も集まる。そういう意味では、ないがしろにしてはいけない女たちだとも言える。プライドが高く、自分よりも他の誰かを優先すれば、途端にへそを曲げてしまうだろう。女の扱いは十分心得ている。斑目だからこそ、プライドの高い何人もの女を同時に満足させ、自分の出世に利用してきた。

「そろそろ顔を出していただいたほうが……」

それは、セックスをしろという意味でもあった。女盛りで、熟れた躰を持て余す女を満足させるのも大事な仕事の一つだ。特に斑目に仕込まれた女たちは、湯月と同様、貪欲《どんよく》さを覚えた者ばかりだ。斑目が抱けば、しなやかな肢体をくねらせて躍るだろう。

だが、今は女の柔肌が恋しいとは思わなかった。むしろ、義務で抱かなければならない相手は、煩わしいものでしかなかった。小さな変化だ。

かと言って、衰えたのとも違う。実際、女から足が遠のいた代わりに湯月のところへ来る回数が増えている。利用価値のある女をほったらかしにし、なぜ湯月のところに足を向けるのか――。

「女がシェイカーを振れればな」

言い訳じみたことを口にするが、斑目の立場でも許されないことはある。

「このところ、随分と顔を出していないので。物事には、順番というものが……」

十分にわかっているが、誰かに強要されるのは好きではない。せっかくいい気分だったところに、水を差されたようだった。

「お前が忠告するのか？」

「いえ、そんなつもりは……」

「俺が自分の女を調教できてないとでも言いたいのか？」

指原が息を呑むのがわかった。凄《すご》んだつもりはなかったが、生唾を呑み込んだのは確かだ。

盃《さかずき》を交わしたばかりの下っ端ならまだしも、もう長いこと自分の側《そば》に仕える舎弟だ。度胸があり、経験も豊富で、ちょっとしたことで怖じ気づくような男ではない。

それだけ、斑目の中に押し殺せない怒りのようなものを感じたのだろう。

「申し訳ありません。……差し出がましいことを」

声の端々に走る緊張に、自覚している以上に不機嫌を表に出していたことに気づく。

湯月のところに通いすぎだと言われただけで、冷静さを欠いた。

(何熱くなってるんだ、俺は……)

自問し、一瞬だけよぎった考えをすぐに否定し、鼻で嗤う。

(俺が？　まさか……)

湯月は、ただの愛人だ。旨い酒を作ることのできる貴重な男で、躰の相性がいい。斑目の中のサディスティックな部分を満足させてくれる。ただ、それだけだ。

それ以上の意味はない。

「そんな顔をするな。大事なのは女のほうだ。そんなことはわかっている」

自分がこの台詞をわざわざ言わなければならないほど、女のところから足が遠のいていたことを認める。

これまで、女たちの扱いには注意してきたほうだ。どの女にも不満を抱かせたことはなかった。一晩のうちに何人かの部屋を渡り歩いて自分の役目を果たしたこともめずらしくはなかった。

今そうしないのは、完全に女を掌握しているという自負があるからだろうか。

「指原。女が拗《す》ねると面倒だ。何か贈っておけ」

「あの……何を贈れば……」

「バッグでも時計でもいい。二、三百出せば満足するもんが買えるだろう」

「わかりました」

返事は従順なものだったが、声に何か言いたげな響きが見え隠れしていた。物で誤魔化すなと言いたいのだろう。けれども、やはり散々湯月を抱いた後女を抱きに行く気にはなれなかった。これでは、聞き分けのない子供と同じだ。自分のすべきことは十分にわかっているのに、行動に移せない。

「そのうち時間を作る。それまでのご機嫌取りだよ。それより、あの医者は引っかかりそうか？　俺の計画は、予定通りちゃんと進んでるんだろうな」

「はい。そちらも順調です」

「俺は沢田のほうで手一杯だ。そっちは任せたからな。失敗はするなよ」

斑目はそう念を押してから、指原を連れて湯月の部屋を出た。

3

斑目の加虐的なセックスは、いまだに湯月の躰にその記憶を刻み込んで忘れさせようとはしなかった。最後に抱かれてから数日経っているのに、責め苛まれた躰は、はっきりと自分の主の感覚を覚えている。

いや、躰ではなく、記憶に深く刻まれているからなのかもしれない。他の男の話をしながら自分を抱く斑目はいつになく、激しかった。

（それほど、執着してる相手ってことか……）

ふとした拍子に、兄の弱点を手に入れられそうだと言っていた斑目の言葉を思い出し、どんな男なのかと考えてしまう。何度、自分には関係ないとそのことを頭から追いやったことだろう。その努力も虚しく、気を逸らそうとしても、湯月の関心はまだ見たことのない男へと向けられてしまう。

「湯月さん、どうかしたんですか？」

「ああ、すまん」

見習いの西尾の声に、湯月は我に返った。

閉店後の店内は、湯月と西尾の二人だけで静寂に満たされていた。西尾にカクテルの作り方を教えるのが湯月の仕事の一つになっていて、シェイカーの振り方などはもちろん、テイスティングなどもさせて舌でカクテルを覚えさせている。

教えている最中だったことを思い出し、もう一度仕事に集中する。

「味は覚えたな」

「はい」

「マティニィはよく出るカクテルだ。レモン・ピールはかけすぎるな」

「どのくらいならいいのか、まだよくわからないんです」

「感覚で覚えるしかない。家でも練習しろ」

「が、がんばります」

なかなか上手くいかないようで、西尾は軽く溜め息をついた。まだコツを摑めないでいる西尾のために、もう一杯マティニィを作る。西尾の目が、湯月の手元に釘づけになった。

「やっぱり湯月さんの手つきはきれいですね。流れるみたいで、無駄がなくて……。谷口さんも、湯月さんは最初から違ったって言ってました。才能があるって」

「鵜呑《うの》みにするな。半分は世辞だよ」

「でも、本当に見ていて気持ちいいです。指も長くて、僕なんか背もそんなに高くないし、手も小さくて……」

男が面と向かってそんな台詞を吐くなと言いたいが、西尾は恥ずかしげもなく湯月を賞賛する。おまけに何か一つでも褒めてやると、西尾は俯《うつむ》き加減で頬を少しだけ赤くするのだ。そんな反応をどう取ればいいのか――。

レモン・ピールを絞りかけてカクテルを仕上げると、西尾の前にグラスを置く。

「匂いもちゃんと覚えろ。そのうちわかるようになるから」

「はい」

西尾はグラスに手を伸ばし、鼻先に近づけた。記憶に刻むように、目を閉じる。

「そろそろ上がるか」

「あ、ゴミは僕が……」

「お前はそれ飲んでからでいい。ついでにタバコを吸ってくる」

「すみません。ありがとうございます」

湯月はゴミをまとめ、裏口から外に出た。雨が降ったらしく、アスファルトが黒々と濡れている。むんとした空気。

ゴミ袋を指定の場所に置くと、タバコに火をつけてから煙を吐いた。ビルの間から眺める夜空に、星はない。ネオンの光が雲に反射しているのか、うっすらと明るい気がした。

五年半前――季節は違っても、街の様子は斑目に拾われた時と変わらない。

ふと、野良猫がいるのに気づいた。街を徘徊する小さな獣は、昔の自分を思い出させる。

居場所がなくて夜の街に迷い込み、そして呑み込まれた。今もこの場所で生きている。

しゃがみ込み、猫に向かって『こっちに来い』と手を伸ばして指を動かしたが、警戒してすぐに姿を消した。

(野良は人に懐かないか……)

小さな獣が消えたほうを眺め、ゆっくりと立ち上がる。

その時、人の気配を感じて湯月はタバコをアスファルトに捨てて爪先で踏み消した。ただの通りすがりではない。自分の緊張が生暖かい空気をピンと引き締めたのがわかった。

沢田の関係者か——そう思うが、闇から姿を現した相手を見た瞬間、違うと思った。スーツを着たヤクザでもなければ、送り込まれたヒットマンでもない。けれども、自分に用があるということだけはわかった。現れた男の目は、湯月だけを見ている。視線を逸らそうともしない。対峙《たいじ》する。

日雇いふうで、身長は斑目と同じか少し高いくらい。無精髭《ぶしょうひげ》とボサボサの頭。踵《かかと》を履き潰したズック。だらしないという言葉がぴったりだ。知らない相手なのは、確かだ。それなのに、なぜ自分に用事があるのか——男の意図を探ろうとして、さらに別のほうに人の気配を感じた。

一人……いや、二人、隠れている。

「あんたが湯月亭か?」

「あなたは？」

「俺か？」

男はそう言いながらも、すぐに自分の正体を明かそうとはしなかった。焦《じ》らし、こちらの興味を刺激しようというのだろう。なかなかしたたかな男だというのはわかった。

そして、斑目に似ていることに気づく。

いつも仕立てのいいスーツを身につけている斑目と違い、この男はだらしない格好をしているが、それでも共通する何かがあるのは隠せない。匂いというべきか。二人の放つ匂いに、同じものを感じる。切っても切れないもの——血縁以外にないと思った。

「まさか……」にわかに信じられず、つい本音が口をついて出る。

「そのまさかだよ」

間違いない。斑目の腹違いの兄だ。

それがわかった瞬間、湯月の心に期待にも似た思いが湧き上がった。斑目がガキの一面を見せる唯一の相手が目の前にいると思うと、少しわくわくする。初めて見る、斑目の血縁関係者。斑目が人の子で、血の通った人間だという証。

実際、目の前にしても信じられない。それなのに、紛れもなくあの斑目と同じ血が流れていると確信できる。

不思議な感覚だった。

「あの人に腹違いの兄弟がいると伺ってましたが、やはり似てますね」

「似てると思うか？」

「ええ」

「俺のほうがイイ男だろうが」

「さぁ、どうでしょう」

湯月は、口許を緩めた。面白い男だ。

「俺に近づいてくるなんて、何が目的です？」

単刀直入に聞いた。こういうタイプは、遠回しに聞くのは逆効果だ。この前の話によると、斑目は腹違いの兄の弱点だという男を手にしようとしている。

ということは、先手を打とうとしているのだろう。

「察しがいいな」

「ヤクザの愛人ですから」

隠さなかったのは、この男は既に自分たちの関係を知っていると思ったからだ。そうでなければ、わざわざこうして会いに来たりはしない。

「あいつは、あんたをちゃんと抱いてやってんのか？」

「まぁ、ときどき」

「俺に寝返らないか？」

「どうして？」

「興味あるだろう。あいつの兄貴だぞ。男なら、どっちも味見してみたいだろう？」

図々しいと思うが、それがむしろ心地好くもある。斑目と共通するものを感じたからだ。

湯月を抱きながら、腹違いの兄の弱点をどう手に入れようか画策する斑目を思い出さずにはいられない。

「俺ってそんなに節操なく見えますかね？」

「どうせ大勢いる愛人の一人だろうが。あいつに義理立てする必要もねぇよな」

はっきり言う――自分の立場も置かれている状況も十分にわかっていたはずなのに、他人に指摘され、心が何かを訴えた。言葉にできない感情が、目の前の男の言葉によって引き出される。今まで無視していたもの。気づかないふりをしていたもの――。

「よくご存じで」

顔には出さず、口許に笑みを浮かべた。

「俺があの人を裏切って、あなたに寝返ると思ってるんですか？」

「希望としては、そうだな」

湯月の心に、誘惑が手を伸ばす。

もし、自分が裏切ったらどうなるだろう――それは、初めて抱いた疑問だった。

愛人契約をした時に、裏切ったらまともな死に方はできないと思えと忠告された。あれはただの脅しではないだろう。斑目は、自分をコケにした相手を許さない。

しかも、ただ裏切るだけではないのだ。斑目がこだわっている相手に寝返る。いつも自信満々で、それが過剰に終わらない男の鼻を明かせるチャンスだ。

斑目の顔色を、自分が変える。

それは危険なことだが、魅力的でもあった。一度でいい。数多くいる愛人の一人という立場から踏み出し、特別な存在になってみたかった。自分が、きっかけになってみたい。組では一目置かれ、異例の出世を果たし、さらなる躍進を目指す斑目が、子供のように張り合っている相手だ。他の誰でもない。唯一、ガキのような敵意を向ける特別な相手に寝返る——。

それを知った時、どんな表情を浮かべるのか、見てみたい。

だが、誘惑はそこまでだった。

『そうね。まだ一度もお店に行ったことないものね。カレシも見たいし』

脳裏をよぎったのは、釜男の顔だ。

もし、今自分がこの男の口車に乗ってしまえば、斑目から追われる身になるだろう。あの優しい友人を残してはいけない。殺される時は死体が出ないよう処理されるだろうが、ぱったり姿を見せなくなれば、きっと寂しがる。

そして、器用に生きると決めたのだ。どうせ躰だけの関係だ。危険を冒してまで裏切る価値はない。想像だけで十分だ。

「あの人が破滅するところも見てみたい気もするんですがね、自分の身が危ういのでやめておきます。それに、セックスもいいんで」

「残念だ」

「じゃあ」

湯月は踵《きびす》を返した。背中に男の視線を感じながら、店の裏口へ向かう。ドアの近くまで来て、それが数センチ開いていることに気づいた。

「あの……」

西尾が、ドアの隙間から覗いていた。あの男とのやりとりを見ていたのだろう。声は聞こえていないだろうが、誰かと裏口で話していたところは見られたはずだ。

「誰だったんです?」

「ちょっとした知り合いだ。誰にも言うなよ」

斑目に言わないつもりか――西尾に口止めしながら自問し、先ほどの誘惑がまだ完全に消えてはいないことを認めた。斑目の腹違いの兄との接触を隠す理由が、他に見当たらない。

湯月は、心の中でその事実を嚙み締めた。

秘密ができた。

愛人の身でありながら、斑目に対して秘密を作った。そのことが、湯月を高揚させていた。

斑目の腹違いの兄という男が自分に接触してきたことを、言うつもりはない。斑目の計画を遂行させるために重要でなくとも、感情という点ではそうとは言い切れないだろう。もし、斑目がこのことを知ったら、どんな反応が見られるのか。

想像するだけで、胸が躍る。そして、もう一つ強烈な誘惑に湯月の心はグラグラしていた。自分のせいで斑目が破滅するところが、見てみたい。あの男が跪《ひざまず》き、歯痒さに奥歯を噛み締め、地に這《は》いつくばっている姿が見たい。己の目論見《もくろみ》が外れて、物事が進行していくのを為す術もなく見る斑目の姿は、なんてエロティックなのだろう。

（本気か……？）

この歪《ゆが》んだ気持ちはいったいなんなのだろうと思うが、答えは見つからなかった。

斑目を裏切る――。

腹違いの兄に興味はなかったが、日を追うごとにその行為に湯月は少しずつ魅了されていった。今まで考えたことすらなかったが、ひとたび妄想に取り憑《つ》かれると、忘れようにも忘れられなくなる。

いつも自信満々で、ただの自信過剰に終わらない実力を持つ斑目が、自分のせいで失脚したら――。

それは、斑目の破滅のきっかけになることへの憧《あこが》れだった。そして、湯月の胸にいつしか一つの消えない疑問が生まれ、心に巣喰う。

裏切って逃げたら、斑目は自分を殺しに追いかけてくるだろうか――。

それは、甘い誘惑でもあった。

いったんは申し出を断ったものの、今となっては腹違いの兄とやらの連絡先くらい聞いておけばよかったと後悔すらしていた。そして、もう少しあの男の狙いを聞いておけばよかったと……。

そんな湯月の渦巻く思いが形になったかのように、九月に入ってからは大荒れの天気が続いていた。日本のはるか南海上では、次々と大型台風が発生し、テレビでは連日のように台風情報が流れている。

まだ直撃はしていないが、そろそろ嵐《あらし》が来そうな予感がした。

「今日は、客は期待できないだろうなぁ」

カウンターの中に立つ谷口が、同じくそこに立ち、グラスを磨いている湯月に穏やかな口調で言った。グラスには、間接照明の柔らかな光がぼんやりと映っている。

「たまにはこういう日もあります」

「そうだな」

外は激しい雨が降っているようで、時折現れる客の足元は濡れていた。ここ一時間ほど、客足も途絶えている。

「ところで、西尾はどうだ？」

「ぼちぼちです。あいつは要領こそよくないですけど、一生懸命だからそのうち客に酒を提供できるようになりますよ」

「長い目で、か……。君は若いのに、ときどき自分と同世代の男と話してる気分になる」

優しげに目を細める谷口を見て、湯月は困った顔で笑った。

「俺、まだ三十にもなってないんですけど」

「半分は褒めているんだよ。君の年齢でこれほど達観したところがあるなんて本当に感心するよ。だが、まだ若いんだ。もっと我儘《わがまま》になってもいい。若いもんは少しくらい無鉄砲でいいんだ。愚かだということは、若者の特権だ」

なぜ、谷口がそんなことを言い出したのか、湯月にはわからなかった。器用に生きようとし、器用に生きる道を選んできたのを、この老人は見抜いているとでもいうのか。

「できれば、楽に生きたいですから。利口に世の中を渡り歩いたほうがいいでしょう？」

「それもいいな。だが、わたしには君が楽に生きてるようには見えんがな」

穏やかな口調で放たれた言葉は、鋭いナイフのように湯月の心に切り込んできた。何もかも見透かしたような老人は、いったい何を伝えようとしているのか。

その時、フロアマネージャーが電話の子機を持って近づいてきた。視線が向けられているのを見て、自分への電話だとわかる。

「オーナーからだ」

それを渡された湯月は、カウンターの隅に移動した。あの加虐的なセックスを最後にしばらく顔を出していなかった斑目が、今夜店に来る予定になっていた。

『俺だ。今日は予定変更だ。店が終わったら帰っていい』

「あの……」

『奴を手に入れたぞ、湯月』

自慢げにそれだけ言って、電話は切れた。奴とは、おそらく狙っていた医師だろう。

閉店後に飲みに来るというのは久し振りで、待っておくよう言ったのは他でもない斑目だが、連絡が来るだけまだマシだ。このまま朝まで店で待ち続けるよりいい。

けれども、湯月を気遣ってそうしたのではないということも、なんとなく気づいていた。

自慢げだった口調からも、それがわかる。言いたかったのだ。手に入れたものを自慢したかった。裏を返せば、それほど欲しかった相手ということだ。

腹違いの兄の弱点という意味でもそうだろうが、ターゲットそのものに強い興味を抱いているのも間違いない。

（そんなに欲しかったんですか）

この『blood and sand』を手に入れた時のように、今も子供のような顔をしているのだろうかと想像した。現実を見せつけられた気がして、思わず口許を緩める。

もし、斑目を裏切って逃げたら、自分を殺しに追いかけてくるだろうかなどと考えていたが、そんなのは思い上がりだったとわかった。

しょせん、ただの愛人だ。たとえ裏切りを許さずとも、自らの手を汚すなんてあり得ない。そんな価値すらないだろう。それをわかっていなかったことが、滑稽でならなかった。

せいぜい舎弟たちに湯月を捕らえさせ、裏切りを後悔させる。命令一つで済む話だ。

少しでも期待した自分が馬鹿だった。

（ま。そんなもんだろ……）

電話を置いた湯月は、再び客の来ない店内のカウンターでグラスを磨き始めた。いつもより手が空いているからか、時折入る注文に応じながら考えるのは、同じことばかりだ。

今頃、お愉しみの最中かもしれない――。

新しく手に入れたおもちゃを、どんな顔でいじり回しているのだろうと思う。どんなふうにつついて愉しんでいるのだろう。

一時間ほどしただろうか。再びフロアマネージャーが湯月のもとへ来て指示する。

「湯月。沢田様だ。いつものをお出ししろ」

またあの厄介な男に絡まれるのかと、少々気が重くなった。どうせなら斑目が店にいる時にでも来てくれればいいものを……。

(あなたは、気楽でいいですね)

わざわざ自慢げに兄の弱点を手に入れたことを連絡してくる斑目に、恨み言のように心の中で呟いてバランタインのロックを作り、サービストレーに載せて運ぶ。

「いらっしゃいませ。先日はお世話になりました」

「またいつでも送るぞ。君とゆっくり話ができるしな」

沢田は、グラスに手を伸ばした。今日もすぐに湯月を解放する気はないらしく、グラスの重さがまだサービストレーの上にあるうちに、話しかけてくる。

「斑目は、どうしてる?」

「今日はお見えになる予定はございません」

「そうか。奴も忙しそうだな」

含んだ言い方が、その行動を熟知していると言いたげだった。斑目の話によると、中国人の組織がシマを荒らした今回のことに、沢田は一枚嚙んでいる。

こうして堂々と店に来るのは、尻尾を摑まれないという自信からなのか、それともこの男なりに危機感を抱いて探りを入れようとしているからか。

(どこまで知ってるんだ……)

己の扱いがどの程度か思い知らされたばかりだというのに、斑目の敵の心中を探ろうとする自分を、犬だと悟った。

まさに躾《しつ》けられた犬だ。主のためにただ黙々と働く。その対価として得られるのは、褒め言葉でもなければ、優しく撫でてくれる手でもない。金だけだ。

「悪いが、ストレートで飲みたくなった。作り直してくれ」

まだ中身の残っているロック・グラスを手渡され、それを受け取った。だが、軽く指を弾《はじ》かれてグラスは手から滑り落ちる。スラックスの上を転がって床に落ちた。生地には撥水処《はっすい》理が施されているが、股間《こかん》のところが少し濡れている。

「おい、てめぇ」

舎弟の一人が、低く唸《うな》るように言った。

「待て。素人さんのやったことだ。きれいにしてくれれば、問題ない」

気色ばむ舎弟を軽くいなし、湯月に向かって挑発的な目を向ける。フロアマネージャーが西尾にタオルを持ってくるよう指示し、それを受け取った湯月は沢田の前に跪いた。タオルを押し当てるとすぐに跡形もなくなったが、それで終わるはずがない。

「もっとちゃんと拭いてくれ。遠慮はいらないぞ。しっかり押さえて擦るんだ。このままじゃあ、俺が小便を漏らしたみたいに見える」

言われた通りにすると、中のものが次第に硬度を持ち始めるのがわかった。

「舐めてきれいにしろと言ってるんだ。なぁ、湯月。粗相をしたら、自分で責任を取るべきだと思わないか？　それが、一流ってものだ」

沢田は、脚を拡げた状態でゆったりと背もたれに躰をあずけている。ソファーに座る男を前にして跪くのは、斑目に奉仕する時だけだ。あの行為を思い出すような格好で湯月を見下ろしているのは、自分のほうが立場が上だということを叩き込むためだろう。

「中が濡れていないかチェックしろ。下着まで染みてるかもしれないからな」

スラックスに手をかけ、ベルトを外してファスナーを下ろした。派手なボクサーパンツが中から出てくる。挑発的な色をしたそれは、沢田の衰えを知らぬ性欲の象徴だった。

「中は濡れていないようです」

「よく見ろ。濡れてるだろう。舐めてきれいにしろ」

完全な因縁だが、湯月はここで『ノー』と言える立場にない。観念して、気が済むまでつき合うことにした。下着の中で張りつめているものに口許を寄せる。

他人のオンナに手を出すのは極道の世界では御法度だが、表向きはただの従業員でしかない湯月に粗相の始末をさせる。なかなかいいアイデアだ。斑目のテリトリーで堂々とその愛人を跪かせる——これほど気持ちのいいことはないだろう。

だが、湯月の舌が下着に触れる寸前、意外にもその行為は中断させられた。

「もうよろしいのですか？」

「ああ。躾《しつけ》は行き届いているようだ。さすが斑目だな」

素直に応じたことに対する言葉に頭を下げ、ゆっくりと立ち上がる。粗相をしてしまったことを改めて謝罪し、グラスを引き取ってトレーに載せた。

「なぁ、湯月。もっといい思いをしたくはないか？」

カウンターに戻ろうとして、声をかけられる。

自分の中を覗かれている——沢田の目を見て、直感的にわかった。この男は、湯月が自分の立場にどの程度満足しているか探りたいのだ。斑目に対する忠誠心がどのくらいあるのかも、見ようとしている。

「報われないままでいいのか？」

湯月は、沢田を見下ろした。人の弱い部分につけ込むしたたかな沢田の視線は、現実にかき回された湯月の心を摑もうとしている。

「ここの給料にも待遇にも、十分満足してますので」

その手に乗るかと、湯月は鮮やかに笑ってみせた。

報われないままでいいのか——沢田の言葉は、意外にも湯月の心に長いこと居座り続けた。

その声が、ときどき頭の中に浮かんで湯月に同じ質問を投げかける。

反論した。報われている。何度も鼻であしらった。

バーテンダーにしては高い給料。愛人の仕事を差し引いても十分に支払われている。おかげで釜男の入院費を払うことができた。たった五年半でそれができるほどの金を手にした。これで報われないと言ったら、世界中の恵まれない人間から非難を浴びるだろう。

しかし、誰に訴えるでもなく、己の中だけで響くそれは次第に湯月を苛立《いらだ》ちへと導いていった。心がささくれる。そして、考えるのが億劫になってくる。

斑目が来なくなってからさらに数日が経ち、沢田からの接触もなく、淡々と時間だけが過ぎていった。一度は、斑目を裏切ったら自分のことを殺しに追いかけてくるだろうかなんて考えもしたが、それはただの思い上がりだと改めて痛感しているところだ。

その日は店に一人残り、湯月は新しいカクテルを考案していた。向上心からというわけではなく、思いついた時はこうして店のものを使わせてもらう。それは湯月だけに許されたことではなく、どのバーテンダーも同じだ。

しかし、不意に今日も来ない斑目を待っているようで馬鹿馬鹿しくなり、途中まで作ったカクテルをシンクの中に捨てた。谷口が見たら叱るだろうが、どうせ集中力は完全に切れてしまった。いや、はじめからなかった。続けるだけ無駄だ。

そして、雑念の原因が再び自分の頭の中をかき回すのを感じる。

（兄弟喧嘩なんてしてたら、沢田に足元を掬われますよ）

沢田が何か企《たくら》んでいることは確かだ。それは、奴がシマを荒らしている連中に手を貸した形跡があるという斑目の言葉からもよくわかる。そして、沢田は間違いなく斑目の失脚を狙っている。斑目が組織の一人を捕らえたとなれば、あの男も悠長に構えていないだろう。

こうしている今も、何か企み、着々とその準備を進めているかもしれない。

（俺には、関係ない……）

カウンターの中を片づけた湯月は、ロッカールームへ向かった。ドアを開け、人影があるのに気づく。

「あ……、あの……っ、お疲れさまです」

そこにいたのは、西尾だった。もうとっくに帰ったと思っていたが、どうやら戻ってきたらしい。見慣れた制服姿ではなく、私服だった。

「どうした？　忘れ物か？」

ロッカーを開け、ボータイを解く。

「はい。湯月さんは、新しいカクテルを作ってたんですか？」

「途中でやめたけどな」

「尊敬します。谷口さんも認めるほどなのに、まだ向上心があるなんて」

褒められるほどのことはしていないのに、西尾は恥ずかしげもなく湯月を賞賛する。

「お前のほうが努力してるよ」

「僕、要領悪いし……早く一人前になりたいだけで、当然です」

褒められて嬉しかったのか、西尾は頰を赤らめた。普通の男の反応と取るには、少々無理がある。二十一の男が、勤め先の先輩に褒められただけでこんな反応はしないだろう。

（なんで俺なんだ……）

西尾の態度は、明らかに憧れの域を超えていた。はじめは自惚れかと思ったが、西尾が向けてくる視線は、思い込みでは説明がつかないものだ。視線を感じると、いつも自分を見ている。特にシェイカーを振っている時などは、熱すら伝わってくる。

「あの……」

遠慮がちに言われ、着替えの手を止めた。

「湯月さんって、その怪獣好きなんですよね？」

西尾の視線が差していたのは、ロッカーの内側にテープで貼りつけていたアルマジロ獣人のカードだ。愛嬌《あいきょう》のある顔がおかしくて、なんとなく貼っている。

「ああ、これか。欲しいのか？」

「い、いえっ。とんでもないです……っ」

西尾は、慌てた様子で顔の前でぶんぶんと手を振った。

「湯月さんみたいな人が、そういうのが好きだなんてギャップがあるというか。みんな言ってます。湯月さんって謎だって。あの……そういうのは専門のお店で買うんですか？」

「いや、ネットだな。ときどきオークションに出てる。オタクって言いたいんだろ？」

「そんな……っ、格好いい人は、何やっても格好いいんだなって」

臆面もなくそういう台詞が言える西尾に、思わず奇異の目を向けた。一途《いちず》なのは悪いことではないが、もう少し隠せよと言いたくなる。

「僕、本当に湯月さんのこと、素敵だなって思ってます。憧れの人なんです」

真っすぐに慕ってくる笑顔が、ささくれた気持ちを逆撫でする。

（憧れ、ね……）

無知ゆえの純粋さとは、こうも人を苛立たせるものかと、湯月は驚きすら覚えた。

もし、自分が斑目に対して脚を拡げていると知ったら、この一途な目を向けてくる男はどう思うだろうか。

「なぁ、西尾。お前、俺が好きなんだろう？」

「え……っ」

「隠さなくていいさ。俺を見る目でわかる」

西尾は、すぐに答えなかった。だが、否定はしない。さらに追いつめる。

「俺を想像して扱《しご》いたことはあるか？」

「え？　あ……、あの……っ」

途端に顔が真っ赤になった。間違いない。手を出せば、必ず応じる。

頭に浮かんだのは、自分の飼い主のことだ。

（どうせ今頃、兄貴の弱点っていう医者とやらとお愉しみの最中だ……）

斑目は、今日も来ないだろう。今、ここで西尾に何かしてもバレない。

主のいないうちに悪さをしようという気になったのは、西尾があまりにも自分を一途に見るからだ。

「可愛いな、西尾。正直に言っていいんだぞ？　俺に抱かれてみたいんだろう？」

耳許で囁《ささや》き、優しく肩に触れる。そして顎に手をかけ、自分のほうを向かせた。その瞳に戸惑いが浮かんでいるが、同時に期待も混在していた。自ら想《おも》いを口にする勇気はなくとも、仕掛けられてシラを切るほどストイックでもないようだ。

西尾が欲しいのは、きっかけだ。

「す、すみません。あの……実は、湯月さんに……その……」

「抱かれる自分を想像しながら、扱いたんだろう？」

問いつめると、西尾は目を伏せて床を見る。わかりやすい男だ。

「俺が謎だって？　じゃあ、謎を解き明かしてみたくないか？」

もう一度上を向かせ、顔を傾けてキスをした。

「ん……」

重ねた唇の間から漏れた甘い声に、鼻で嗤いそうになったが、堪えた。西尾は、目を閉じて躰を硬直させている。だが、嫌悪した反応ではなかった。逆らえない先輩の前で、我慢しているのとも違う。間違いない。西尾は、ホモセクシャルだ。

唇を離して視線を合わせた湯月に、西尾は思いつめた目をして訴えてきた。

「初めて見た時……絵になる人だなって……。でも、それだけじゃないです。バーテンダーとしても……すごく……、……ぅん……っ」

もう一度唇を重ね、煽《あお》るようについばむ。西尾の息が、面白いように上がっていくのが伝わってきた。簡単だ。

「なぁ、西尾。しゃぶってくれよ」女にねだるジゴロのように、湯月はそう言った。

ヒモのような生活をしていた時に覚えた。自分に惚れている相手なら、どんなお願いでも聞いてくれる。むしろ、自分だけにお願いされることに悦びを感じるのだ。

西尾にも、この手が通用することはわかっていた。そして、反応を見て間違っていなかったことを悟り、囁く。「……頼むよ」

優しく言葉で懐柔しながら自分のスラックスのベルトを外し、ファスナーを下ろした。ゆっくりと、芝居じみた仕種でやると、その気になった相手はより躰を熱くすることも知っている。

「お前のその可愛い口で奉仕してくれたら、突っ込んでやるぞ。お前、男に抱かれたことはあるんだろう？　な？　頼むから、しゃぶってくれ」

優しい声色でねだると、西尾はおずおずと膝をついた。上目遣いで見つめてきて、下着の中から湯月の中心を取り出す。

「……ぁ……ん……」

西尾は、躊躇《ちゅうちょ》なく湯月の中心を口に含んだ。髪をやんわりと掴み、西尾の口の中で自分が育っていくのを感じる。さらに前後に軽く揺すった。西尾は、その動きについてくる。

「いいぞ、西尾。お前の舌は、ベルベットみたいだ」

「ぅん……、……ぁ……んぅ……、……ふ……、……ぁ……む、……ふ」

濡れた音を立てながら、西尾は舌を上手く使った。興奮しているのがわかる。

「……湯月、さ……、……ぁ……ん、……ずっと……、んっ、好き……でした、……ぅん」

冷めた目で西尾を見下ろしながら、なぜこんなことをしているのだろうと思った。西尾は無関係だ。自分に惚れているとわかっている相手を利用し、傷つけるなんて、クズのやることだ。頭ではわかっている。

だが、心がささくれてたまらない。何も知らず、ただ一心に好意を向けてくる西尾の感情さえも、湯月を苛立たせるものでしかなかった。

「……ぁ……む、ぅんっ、……湯月さ……、僕……、これが……欲し……」

西尾はねだりながら、自分の中心をまさぐり始めた。前をくつろげ、下着の中に手を入れて前後に擦っている。気持ちいいのか、息はさらに上がっていく。

なんとか湯月をその気にさせようと、懸命に舌を使いながら奉仕する西尾を、無感動な目で見下ろしていた。見ているのは西尾の姿だが、心は別のところにあった。

さすがに愛人が自分の店のロッカーで若い男に手を出したら、少しは感情を揺さぶることができるだろうか。それとも、兄の弱点という男に夢中な今は、この状況すらも軽く流してしまうだろうか。

答えの出ない疑問が頭の中で幾度となく巡り、必死にねだる西尾の声は湯月の心を素通りしていく。

その時、人の気配を感じた。

「……っ！」

振り返ると、ドアのところに斑目が立っていた。西尾が、跳び退《の》く。

「夢中で気づかなかったか？　続けていいぞ」

「すみません、僕……っ」

「慌てなくていい。西尾。お前、湯月がずっと好きだったんだろう？　そんなに勃起させて、そいつの股《また》ぐらに顔突っ込んでオナるくらい、湯月に憧れてたんだろう？　人を好きになるのは悪いことじゃない」

優しげな言葉だが、その裏にどんなものが隠れているのか——。

「西尾、続けていいぞ。見ててやる」

「あの……でも……っ」

「いいから、続けろ。中途半端に放っておかれると、湯月も辛いぞ」

促されると、西尾はもう一度湯月の前に跪いた。男同士の経験は案外多いのかもしれない。でなければ、こうも簡単に人が見ているところで続けたりしない。

（どういう……つもりだ……？）

斑目に見られながら、湯月は再び西尾にしゃぶりつかれた。可愛い見た目からは想像できないほど、大胆に舌を使ってくる。斑目に目をやると、胸のところで腕を組んだまま悠々と二人を見ていた。視線が、躰に絡みつくようだ。嫌な汗が滲む。

「どうした、湯月」

「こんなところに……いて、いいんですか……？」

欲しかった医師を手に入れたと聞いたのは、最近のことだ。目を離すなんて、余裕があるものだと嫌味の一つくらい言いたくなる。だが、すぐに信じられない事実を聞かされる。

「気にするな。幸司は始末した。もう俺の邪魔をする奴はいない。あの医者は完全に俺のもんだ。愉しむ時間はいくらでもある」

言葉が出なかった。

半分とは言え、血が繋がった兄弟だ。始末したというのは、殺したということだろう。そこまでして欲しかったのかと、改めてその医師への執着を見せられた気がした。

特別な存在。特別に欲しいと思っていた人物。だからこそ、愛人の浮気現場を見ても、ご機嫌なのだろう。

「湯月。お前もそろそろ可愛がってやれ」

斑目の愉しげな言い方に、なぜか湯月は背中がゾクリとするのを感じた。


悪夢のようだ。

湯月は、自分の置かれた状況を信じ難い思いで見ていた。

ベンチスツールに座った斑目は、西尾を跪かせて自身をしゃぶらせながら、湯月に突っ込ませていた。やはり、西尾は男慣れしているらしく、自分で後ろをほぐして湯月に挿入をねだった。斑目の許可を得たことが、大胆さに拍車をかけたらしい。

そして、この状況も西尾の欲望に火をつけている。

「ぁあ……ん、……湯月さん……っ、……やぁ……っ、……もっと……して、……もっと」

湯月は西尾の尻を掴んで、腰を前後に揺すっていた。勃起はしているが、それは快感というより、この異様な状況によるものと言ったほうがいいのかもしれない。

「……、……く、……ぁ……っく」

戸惑っていた。

斑目が、西尾に突っ込んでいる自分をじっと見ている。愉しげに眺めているのだ。その視線は、西尾にではなく湯月だけに注がれていた。男の尻に突っ込んでいる湯月が、どんな表情をしているのか眺めて愉しんでいるのがわかる。

男を抱くのは初めてだが、そんなことは取るに足りないことのように感じた。何より、男をどんな顔でどんなふうに突き上げているかじっくり観察されることこそ、湯月に危機感のようなものを抱かせ、この行為をより倒錯めいたものにする。

「どうした、湯月。もっと突いてやれ」

襟足を摑まれたかと思うと、強く引き寄せられた。上体を大きく前に傾け、ベンチシートに右手をついて斑目を見上げる。

より深く入ったからか、快感に打ち震えながら嬌声をあげる西尾の声が聞こえた。

「湯月さ……ぁ……あ、……そこ、……そこぉ……」

「ぁ……っく、……愉し……い、……ですか……？」

「ああ。こいつも愉しんでるぞ」

なぜ斑目の言いなりになっているのだろうと思いながら、自分の下で床に這いつくばっている若い獣を一瞥する。

「ほら、もっと突いてやれと言ったんだ」

言うなり唇を奪われ、噛みつくような激しさで口内を蹂躙《じゅうりん》される。

「――ぅん……っ、……んぁ……、……ぁ……む……、ぅん……っ」

「やぁあ……っ、湯月さ……………、や……ぁ……ん……っ、奥……気持ちいい……っ！」

自分の下で喘ぐ西尾の声を聞きながら、湯月は斑目の舌に酔わされた。腰を使う余裕などなく、挿れっぱなしのまま、ただ身を差し出すだけだ。

「やぁあ……ん、焦らさな……で……、……焦らしちゃ……、……やだ……」

湯月がおろそかになったことは、西尾をより興奮させたらしい。まるで女の性器のように、湯月を柔らかく締めつけた。

「西尾。もっと湯月を味わいたいだろう？」

斑目が西尾を自分から引き剝がしたかと思うと、湯月もその中から出ていかされ、物欲しげにしている西尾をベンチスツールに仰向けに寝かせる。

「膝を抱えろ。湯月がまた突っ込んでくれるぞ」

「湯月さん……、来て……、……早く……っ、早く来て……」

積極的な西尾についていけず、ただ見下ろしていると、湯月は髪を摑まれて上に乗るよう指示される。

挿れないわけにはいかなかった。

「ぁあっ、湯月さん……っ！」

自分で両脚を抱えて挿入を待つ西尾に、湯月はあてがった。そして、半ば強制されながら腰を進める。

「どうだ？　西尾。大好きな湯月の顔を見ながら咥え込む気分は」

「ぁああ……、んぁあ、すごい……すごい……っ」

背後に斑目の気配や息遣いを感じながら、西尾に挿入するのは、なんとも形容し難い気分だった。焦り。戸惑い。危機感。そのどれともつかぬ味わったことのない感情に心が乱される。

萎《な》えそうになったが、斑目の指が蕾《つぼみ》をかき分けるように押し入ってきて、湯月は思わず苦痛の声を漏らした。西尾に挿入した状態で、斑目の指を根元まで咥え込まされる。

「……っ、……ぁう……っ、——は……っ、……っく、……ぅ……っく！」

「湯月さ……っ、……湯月さん……っ」

西尾が、うっとりと自分を見上げているのがわかった。これまで幾度となく、斑目に後ろを指で嬲《なぶ》られたが、その姿を他人に見られるのは、初めてだ。

そのものを見られていなくとも、その瞬間の表情を覗かれるのはまた別の羞恥がある。

西尾は、なぜこれほどまでに溺れられるのだろうと思った。完全に理性を捨て切れない湯月とは違い、どこまでも浅ましくこの行為を貪れるのは、なぜだろうと……。

斑目に指で中をかき回されて声をあげそうになるが、必死で堪える。

「西尾。お前の憧れの人が、男の指を尻でしゃぶってるぞ」

「オーナー……」

「どんな気分だ？　え？」

「……きれい、です……、湯月さん……、男っぽくて、でも、すごく……色っぽくて、……こんな顔、する……なんて……」

「——っく！」

屈辱的な言葉だった。見られるだけではなく、その姿を賞賛される。男としての沽券《こけん》を打ち砕かれるようだ。

西尾に突っ込んだまま尻を嬲られると、さらに声が溢れそうになり、唇を強く噛む。

「オーナー、もっと……見たい、もっと……湯月さんを……」

「もっとイイ顔をするぞ」言って、斑目は自分をあてがってきた。こんな状態で挿入などされたら、自分はどうなるのだろうと身構える。けれども、斑目は構わず腰を進めてきて、為す術もなく押し入られるまま受け入れるしかなく、根元まで深々と収められた。

「ぁ……っく、……ぅう……っく、……は……っ、……っく！」

「これからが本番だ」

斑目の容赦ない抽挿が始まった。突き立て、グラインドさせて躰を前後に揺すられる。

「やだ……っ、やぁ……、……すごい……っ、……すごい……、溶けちゃう……」

西尾の声に自分の心が共鳴するようで、黙れと言いたくなった。そんな言葉など聞きたくない。そんなふうに感じてない。そんなふうに望んではいない。

「湯月、どうだ？　男に前も後ろも蹂躙される気分は……」

西尾を抱いているのは自分のはずなのに、斑目にだけではなく西尾にも蹂躙されていると言われ、恥辱に見舞われた。だが、確かにその言葉は今の湯月にかけられてしかるべきものであるのは、間違いない。

突っ込んでいるのは湯月だが、犯しているのは西尾のほうだ。

「やぁ、やぁああ……、死んじゃう、死んじゃう……っ」

自分が、西尾の中でこれまでになく張りつめているのを感じた。

けれども、湯月が興奮しているのは、女のように喘ぐ年下の可愛らしい顔をした男にではない。自分のすぐ耳許で聞かされる斑目の獰猛な息遣いにだ。

「ぁ……あ、……痛ぅ……っ！」

胸の突起をきつくつままれ、痛みに喘いだ。やめてくれと訴えたかったが、それはむしろ逆効果だと思い口を噤《つぐ》む。

西尾のすぐ目の前で、無防備に晒された突起が潰され、伸ばされ、転がされた。西尾に凝視されているのを感じながら、耐える。

見ているだけでは物足りなくなったのか、西尾はいじられて充血した突起にしゃぶりついてきた。強すぎる刺激に敏感になっていたそこは、柔らかい舌にすら過敏に反応する。

「ぁ……っく、……は……っ！」

「いいぞ、西尾。よくわかってるな」

「ぁ……ん、湯月、さ……、ぅん……っ」

濡れた音を立てながら、西尾はさらに濃厚にしゃぶりついてきた。

「馬鹿……、やめ、ろ……っ、──西尾……、やめ……、ぁ……っく」

何度訴えようとも、西尾はやめない。吸いつく男を引き剝がそうとしたが、斑目に両目を片手で覆われ、上を向かされる。胸を突き出すような格好になり、腰を反り返らせた格好でさらに前後に揺すられた。

「乳首が尖ってきたぞ、湯月」

含み嗤う斑目の声に、背中がぶるぶるとなる。

（なん……だ、……これ……は……っ）

躰の中に斑目の体温を感じながら、自分の中心を別の熱さに包まれる戸惑いが、湯月の躰をより敏感にさせた。斑目が腰を強く打ちつけてくるのに合わせて、湯月も西尾を突き上げる。

なんて男だと思った。

浮気とも取れる愛人の行動に怒るどころか、許容し、自分も一緒になって愉しんでいる。

「やぁあ、や、あ、や……、ひぁ……あ……、……ぁあ……ん」

西尾が胸の突起に吸いつきながら腰に手を回してきて、自らも腰を振って高みを目指していた。小動物のような顔で、普段はおとなしく従順で、好きな相手を物陰から黙って見ていることしかできないようなタイプと思っていたが、違った。男だった。獣だった。

「湯月さんっ、湯月さ……ぁ……」

「ぁ……っく」

「オーナー……、もっと……、湯月さんを…、……突いてくださ……、湯月さんを、突いて……っ、突いて……っ」

「湯月が乱れるところが、もっと見たいか?」

耳許で聞かされる斑目の声に、全身がゾクゾクした。

「見たい……っ、……見た……い、……湯月さ……、が、突かれるところが……、もっと見た……い……っ」

「だったら、こっちの乳首もしゃぶってやれ」

「……はい、……ぁ……あん……、……ぁ……む……、んっ」

西尾は、斑目の言いなりだった。斑目が命令するまま、倒錯した行為にのめり込んでいく。

湯月は、ただ二匹の獣が自分を貪るに任せるだけだった。

ロッカールームを出た湯月は、疲れた躰を引きずるようにして夜の街を歩いていた。蒸し暑い空気が漂っているが、まだ奥に燻《くすぶ》っているもののほうがはるかに熱量がある。

倒錯した行為の証である匂いが、躰にまとわりついているようだ。斑目の、そして西尾の白濁の匂いが染みついているようで、早くマンションに帰ってシャワーを浴びたかった。けれども、タクシーを拾う気力もそうする気にもなれない。

狭い車内に、誰かといたくなどなかった。相手が誰であれ、精液の匂いを漂わせていることに、気づかれたくない。

西尾に悪さをしようとしたのは自分なのに、二人に犯された気分だった。

立ち止まり、タバコに火をつけた。ゆっくりと周りの空気を汚す。咥えタバコのままぼんやりと景色を目に映した。眠らない街の中にいると、目にさまざまな色の光が飛び込んでくる。

騒々しく、眠気など吹き飛ばすような原色。それは、湯月を現実から遠ざけていた。まるで悪夢の中でも歩いている気分だ。

　歩道と車道を隔てるガードレールに向かい、座り込んで背をあずけた。そして、頭を膝で抱え込むように項垂《うなだ》れる。溜め息。

　あそこまでしても、怒らないのか——。

　仕掛けたのは、自分だ。自分に想いを寄せる相手に、悪さをしてみようと思った。ささくれた心が、湯月にそうさせた。なぜ、あんなことをしたのだろうと思う。

　斑目の目を盗んで店の男に手を出すことに、なんらかの高揚を覚えたのは間違いない。だが、それもただの妄想に終わった。

　斑目は怒りもしなければ、責めもしなかった。

　それはつまり、その程度の存在でしかないということだ。気まぐれに拾った男が何をしようが、気にしない。

　なぜ、浮気くらいで斑目の感情を揺さぶれるかもしれないなんて思ったのだろう。なぜ、思い上がることができたのか、不思議だ。冷静に考えれば、わかることだった。

『あんたはさ、上手く立ち回って器用に生きなきゃ駄目よ』

　子供の頃に見つけた大事な場所で何度も言われたから、そうしてきた。力のある人間につき、美味しい思いをしてきた。『希望』に集まる大人たちを見て、損ばかりするような人生は嫌だと、上手く立ち回ってきたつもりだ。

けれども、器用に生きることに疲れた。

もう疲れた。

損ばかりするのもごめんだが、かと言って今が楽だとは言えない。なぜ楽じゃないのかは、わからない。

「潮時かもな……」

フィルターの近くまで燃えたタバコの火種の熱が、指に伝わってくる。

カウンターの中で静かに死んでいった男が急に羨ましくなり、もうこの世にはいない男に問いかけた。

(なぁ、馬場さん……、あんた……幸せだったか……?)


一方、斑目は『blood and sand』のオーナールームで、悠々と座っていた。

目の前には、西尾を立たせている。出入口付近に舎弟が二人いて、まるで番犬のように無言で立っていた。倒錯したプレイが嘘のように、今は静かな空気に満ちている。

舎弟の一人にロッカールームから連れてこられた西尾は、ほんの一時間ほど前に見た姿とは別人のようだった。青ざめている。

「目を覚ましたか？」

「は、はい」

ロッカールームでセックスした後湯月を先に帰らせたのは、西尾が気を失ってしまったからだ。目を覚ます前に、帰るよう言った。湯月は何か言いかけたが、反論を許さない斑目の視線に口に出すのを思い留まり、帰っていった。

あの様子では、西尾のことまで考えてやる気力はなかったらしい。

「いつからだ？」

「あの……」

「いつから、湯月を見てた？」

「最初から……です」

「一目惚れか」

あれほど大胆な真似《まね》をしたのが嘘のように、西尾はしおらしくしている。

少し前は、斑目に湯月をもっと突いてくれとさえ口にした。一度溺れ始めると、たがが外れるのだろう。快楽に弱く、後先考えず飛びついてしまう。褒めてやりたい。

「あの……シェイカーを振る姿が、格好よくって……すぐ、好きに……なりました」

「そうか。確かに、あいつは絵になる」

素直に同意できる言葉に、斑目は嗤った。

西尾はネコだが、セックスでは主導権を握っていた。湯月よりも、快楽に積極的だ。チャレンジ精神とでも言うのか。欲しいものを手にしようという気持ちが強い。本当の意味で、欲深いのだ。この小動物のような男が、湯月をあそこまで貪るとは思っていなかった。湯月が喰われるほうだとは、想定外だ。人間というのは、わからない。

その時、スーツの中で携帯が鳴った。西尾を目の前に立たせたまま、電話に出る。

「俺だ」

フロアマネージャーからだった。組とは盃を交わしていないが、極道に雇われている自覚は持っている。何かあれば報告をするよう命じており、忠実にその役割を果たしている。舎弟を通じて連絡をするよう言ってあったが、指定していた時間ぴったりだ。有能な人間は、こういった小さなことからきっちりしている。隙がない。

『今、よろしかったでしょうか?』

「ああ」

報告をするよう命令したのは、沢田の件だった。店に来て、一般の客もいるところで、敢えてチンピラのような因縁をつけたという報告を受けたが、もう少し具体的に聞きたかった。

『はじめから湯月に絡むつもりだったようです。指名でウィスキーを作るよう言われ、湯月に持っていかせました』

「それで？」

斑目は口許を緩めたが、目は笑っていなかった。眼光が鋭くなり、フロアマネージャーが事細かにその時の状況を説明するのを聞き続ける。一通り報告が終わると、斑目は最後にもう一度確認した。

「舐めさせようとしたのか。全員の前で、湯月にファスナーを下ろさせたのか？」

『はい。一般のお客様からは見えない位置でしたが、それも計算ずくだったと……』

「面白いことをしてくれる」

唇を歪めて嗤う。タバコに火をつけた。

斑目は、自分のものに手を出されることを極端に嫌う。腹違いの兄を嫌うのも、それと似た感情だ。自分のものに興味を持たれることすら、面白くない。手に入れようとしたものに興味を持たれることもだ。

しかも、沢田は斑目の耳に入るのを承知でやった。あちらのほうが立場が上とはいえ、その行動に黙って目をつぶる理由にはならない。

「湯月はどんな様子だった」

『途中でやめさせられただけで、あのままやれと命じられればそうしたでしょう』

「そう思うか？」

『はい。湯月は、その辺のことは割り切ってますから』

そんなことはわかっている。湯月にどこか投げやりなところがあるのは、拾った時からだ。自分など、どうなってもいいと思っているのかもしれない。今夜のことからも、想像がつく。けれども、それが若者特有の無鉄砲さから来るものではないのもわかっていた。いろいろなものを見てきた者の達観した態度から来ている。

湯月が見てきたのは、どんな景色なのか——。

ふとそんなことを考え、あまり他人に興味を示さない自分が湯月の何を知りたいと思っているのか、自問した。だが、よくわからない。

電話を切った斑目は、西尾に目をやった。

「悪かったな。大事な電話だ」

「いえ……あの……」

「それで、湯月はよかったか？」

西尾は、答えなかった。

「怒ってるんじゃない。むしろ、褒めてるんだよ。お前のおかげで、俺も愉しめた。野郎三人でやったのは、初めてだよ」

「す、すみません」

「怒ってるんじゃないと言ったろう？　ただ、聞きたいだけだ。尻に突っ込んでもらって、よかったか？　どんな感じだった？」

答えるまで、尋問をやめる気はない。それは西尾もわかったらしく、おずおずと答える。

「湯月さんは……よ、よかった……です」

「そうか」

ふと笑い、灰皿でタバコを揉《も》み消した。それは、西尾をより萎縮させたようだ。

「また湯月に突っ込んで欲しい時は、ちゃんと俺の許可を得ろ。俺の目を盗んでやるな。わかったな」

「わ、わかりました」

微《かす》かに、アンモニアの匂いがした。小便を漏らしたらしい。スラックスから絨毯《じゅうたん》にシミが広がっていく。

「すみません……っ、すみません……っ」

「気にするな。怖がらせるつもりはなかった」

「あの……本当に、すみません……っ」

「帰っていいぞ。二度と、俺に隠れて湯月を誘惑するな。それさえ守れば、うるさいことを言うつもりはない」

「は、はい」

顎をしゃくって帰らせろと舎弟に命令し、退室させる。西尾が帰ると、斑目は椅子に座ったまま無言でドアを眺めた。

小便を漏らすほど怖がっていた。子供を脅しているのと同じだ。クビにすればいいだけの話だというのに、なぜそうしなかったのか。

自分ともあろうものが、くだらない真似をしたと思う。

誘惑したのは、湯月のほうだろう。西尾が湯月に恋心を抱いているのはわかっていたが、自分から何か仕掛けるような勇気はないはずだ。

(たまには突っ込みたくなったか……?)

いつも澄ました顔でカウンターに立っている男に、問いかける。

「行くぞ。次に俺が来るまでに、絨毯は替えておけ」

舎弟に言い、オーナールームを後にした斑目は車に乗り込んで再び出かけた。向かう先は、シマを荒らしている男を監禁している場所だ。腹違いの兄の弱点も、一緒にいる。

ずっと狙っていた男を手にし、邪魔な腹違いの兄も始末した。半分血の繋がった兄に銃を向け、発砲することになんの感慨もなかった。ただ、計画通りにコトを進めただけだ。

組から言い渡されていた仕事が、上手くいきつつある。中国から連れてきた女を逃がし回っていた男が、自分の組織について口を割るのも時間の問題だ。沢田の関与については、ほぼ八割がた吐いた。あとは、裏を取ってその証拠をどう使うか。切り札に取っておくという手もある。全部、思い通りだ。

それなのに――。

（なぜ、俺は苛ついてる……？）

わからないまま再びタバコに火をつけ、窓を少し開けて煙を逃がした。雨が降り始め、窓に水滴が貼りつく。窓の隙間から入り込んでくる雨が、頬に触れた。

それは、湯月を拾った夜の雨を思い出させた。

西尾が店を辞めたと湯月が聞いたのは、翌日のことだった。

ロッカールームでのことを気にしているのかと、フロアマネージャーに履歴書を見せてもらい、自宅の電話にかけたが、もう使われていないというメッセージが流れただけだった。いきなりのことで、谷口が残念がっていた。馬場とはタイプが違うが、谷口のことも好きになっていたため、老人が寂しく笑うのを見るのは正直辛い。

あれから三日が過ぎた今日、出かけるついでに西尾のマンションを訪れたが、もう引っ越した後で会うことはできなかった。やはり、あのことが原因なのは間違いない。悪いことをしたと思う。

谷口をさらに落胆させるだろうと思いながら、湯月はある覚悟を胸に、釜男の病院に来ていた。通い慣れた場所だ。釜男の部屋の前まで来た湯月は、軽く深呼吸してからドアをノックした。返事が聞こえてから中に入る。何度も来た病室。だが、おそらく最後になる。

「あら、亨ちゃん」

「元気か？」

湯月は、軽く手を挙げて中に入っていった。持っていた紙袋をサイドテーブルに置いてから、椅子を引きずってきて座る。

「あたしは元気よ。でも、亨ちゃんのほうが元気ないみたいね」

「気のせいだよ」

湯月は、本題に入る前に世間話でもと思ったが、何も浮かばなかった。いつもはどんな話をしていただろうと考える。仕事のこと。普段のこと。斑目のこと。

わからなかった。

「思いつめた顔してる」

「え……？」

「何か言いに来たんでしょ？」

釜男の鋭い言葉に、苦笑いする。お見通しだ。そうだ。湯月は、さよならを言いに来た。

言うのにしばし躊躇し、思い切って口にする。

「実は、もう見舞いには来られない」

突然のことにもかかわらず、釜男は何も言わなかった。寂しいだとか、どうしてだとか、いろいろ言われるだろうと思っていただけに、しおらしく聞いているだけの釜男を見て、逆に罪悪感のようなものが湧き上がる。本当は、釜男が退院するまで、こうして定期的に見舞うつもりだった。大好きな友達を、治療が終わるまで勇気づけたかった。それが、できそうにない。まだ治療中の友達を置いて去らなければならない切なさ。けれども、このまま斑目のところに居続けることもできない。

「理由、聞かないんだな」

「どうしてもう来ないの?」

やっと質問の言葉を口にされ、湯月は聞かれたくないのではなく聞いて欲しかったのだと気づいた。釜男に、自分のことを聞いて欲しい。

「逃げるんだ。あの人から」

「なぜ逃げるの?」

「殺されるかもしれない」

「浮気でもした?」

「ああ。浮気はした。でも、そんなことじゃあの人は俺を殺しはしない。逃げる理由は、そんなことじゃない」

浮気で殺されるならまだいい。だが、現実は違う。

「裏切ったからだ。俺があの人からあずかってる大事な証拠の品を、ある人に渡した」

黙って自分の話を聞いている釜男を視界の隅に捕らえながら、湯月はその時のことを思い出していた。


それは、昨日の夜のことだった。

仕事から帰った湯月を待っていたのは、プレゼント用に包装された箱だった。玄関の前に置かれている。片手で持てる程度の大きさのものだ。

すぐに罠だとわかったが、箱に気を取られ、背後から人が近づいてきていることに気づかなかった。振り返った時は手遅れだ。相手を確かめる前に背後から口を塞《ふさ》がれ、すごい勢いで部屋に引きずり込まれる。

(誰だ……?)

抵抗しようとしたが、喉笛に何かを押しつけられ、いとも簡単に自由を奪われた。

「大声出すんじゃねぇぞ。話をしに来ただけだ」

小さく頷《うなず》くと、口を覆っていた手が湯月の反応を窺《うかが》うようにゆっくりと離れていく。反撃してもよかったが、なぜかしなかった。感じたのは殺気ではない。命の危険でもない。

振り向いた湯月の目に映ったのは、見たことのある男――斑目が始末したはずの、腹違いの兄だった。ケガをしているのか、微かに消毒薬の匂いがした。

「死んだって……聞きましたけど?」

「克幸から聞いたんだろうが、思い違いだ。死体を確認してねぇのに、俺が死んだと思うなんざぁ、あいつもまだまだだな」

確かに、斑目にしては詰めが甘い。しかし、その理由は大体想像がついた。

「あなたの弱点を手に入れたのが、よほど嬉しかったんでしょう? ご執心ですから。それより、俺になんの用ですか?」

「頼みがあるんだ」

男からは、この前の余裕は見られなかった。部屋に押し入っているのに、追いつめられているのは男のほうだと感じる。

当然だ。店の裏の路地で話した時と状況が違う。兄の弱点である医師を手に入れたと、斑目は言っていた。つまり、大事なものを奪われた男がここにいるということになる。大事なものを取り返そうと、必死のはずだ。なんとしてでも奪い返そうとするだろう。

「克幸のシノギに関する情報を持ってんだろう? あんたのところに隠してるのはわかってる。それと、あいつが隠れ家にしてる場所がいくつかあるだろ。全部教えてくれ」

「突然、何を言い出すんですか。俺はただのバーテンですよ。ときどき気まぐれにセックスするくらいで」

「そうじゃねぇだろう。兄弟だからな。あんたがただの愛人止まりじゃねぇってことくらい、わかるさ」

「どうしてそう思うんです?」

「あんた、克幸が破滅するところを見てみたいって言っただろうが」

「言いましたけど、それがどういう……」

「あいつが好きそうだからだよ。そういうことを言うあんたは、奴の好みだ。昔っからな」

根拠にするには乏しいが、あまりにも自信満々に言う男に、斑目が腹違いの兄を敵視するのもわかる気がした。斑目のシノギの証拠になる書類や、今この男が捜している医師の監禁場所についても知っているのは、事実だ。

「シノギの情報だけじゃない。他にも奴からあずかってるもんがあるはずだ」

「それを手にして、どうするつもりです?」

男の目的は、大体わかった。

いわば、犯罪の証拠になるものだ。いくら斑目でも、これらが他人の手に渡れば、自分がいつ捜査機関の標的になるかわからない。沢田というしたたかな敵が斑目の失脚を狙っている時に、捜査機関にまで乗り出されてはダメージが大きい。無傷でいられても、失態になるだろう。出世にかかわる。

これまで順調に上りつめてきた斑目が、初めて躓《つまず》くことになる。

「このままあんたを拉致《らち》して、人質交換でもいいんだがな」

脳天気な言葉に、思わず口許に笑みを浮かべた。

「俺にそんな価値があると思ってるんですか？　おめでたい人ですね」

「ああ。その価値があると思ってる。だからこうして来たんだろうが」

自信たっぷりに言われ、苛立ちが湯月を襲った。

「残念ですが、あの人にとって俺はそんな価値はないんですよ」

「そうかな？」

探るようにチラリと男を見る。じっと見つめ返され、ますます苛立ちが募った。

違う。買い被りだ。

目の前の男が、湯月のことを斑目にとって重要な人物だと訴えるほど、現実との違いを思い知らされる気がする。お前に、そんな価値はないのだと。

それを思い知らせようと、わざとこんなことを言っているのかとすら思う。

「あなたの弱点をあの人が手放すと思ってるんですか？　俺なんかで？」

「ああ。そうだ」

即答され、鼻で嗤う。

「確かめたいなら、つき合ってあげてもいいですけどね。俺を人質に、あなたの大事な人が監禁されてる場所に行きましょうか？」

「監禁場所を知ってるのか？」

「ええ。でも、あの人の目の前で俺に刃物を突きつけても、あなたたちが取り合ってる人を手放しはしないですよ。それどころか、俺に人質の価値なんかないってわからせるために、俺を撃って殺すかも……。試します？」

挑発的に言うと、男はすぐに反論しなかった。しばし考える素振りをしてから、湯月の言葉に同意する。

「ま、克幸はあんたを見捨てるかもしんねぇな」

「なんだ。最初からわかってるじゃないですか」

「そういう意味じゃねぇ。あいつは自分をわかっちゃいないんだよ。ガキだ。失っても気づかないような愚かなガキだ」

意味がわからず、眉をひそめた。

「あんたも、克幸と同じだな。まぁいい。今はゆっくりとおしゃべりしてる暇はねぇんだ。取引しよう」言いながら玄関のドアを開けた。囮として置かれていた箱を持ってきて、湯月に差し出す。

「こいつをやる。だから克幸があんたに託してるもんをくれ」

箱を押しつけられ、仕方なく受け取った。開けろと目で合図されて、従う。

「あんた、それ好きなんだろう？」

湯月は、包みの中から出てきたものを見て言葉を失った。

アルマジロ獣人。

この状況で、まさかこれが出てくるとは思っていなかった。ひょうきんな顔をした獣人を見て、こんな時に何をふざけているのかと、視線を上げた。けれども、真っすぐに湯月を見る男の目からは、本気だというのが伝わってくる。

「あんたのことを少し調べさせてもらった。店の従業員の間じゃ有名らしいな。こんなけったいなもん、なんで好きなのか知らんが、克幸を裏切る言い訳くらいにはなるだろうが」

「これで、あの人を売れと？」

「あいつがそんなもので売られたなんて、面白いと思わねぇか？　もし、これであんたが克幸を俺に売れば、あいつはそのフィギュア以下の価値ってことになる。あんたの中でな」

それは、意外にも湯月の心に響いた。

さすがに、半分血を分けた兄弟だ。馬鹿馬鹿しくて嗤える。ずっと前に打ち切りになった戦隊モノのフィギュアの代わりに売られたなんて、確かにあのプライドの高い斑目は許さないだろう。どうせ裏切るなら、とことんコケにしてやるのもいいかもしれない。

せめてそれくらいしたいという自分の本音に驚き、それなりに恨んでいるのかもしれないと思った。

「わかりました。いいですよ。あなたの大事な人が監禁されてる場所も、教えてあげます」

「それはありがてぇな」

湯月は、殺される覚悟で寝返ることを決めた。


渡した証拠品のことを思い出し、とんでもないことをしたと今さらながらに思う。しかも、監禁場所まで教えてしまった。今頃、あの男は斑目から大事なものを取り返す算段をしているだろう。もう、実行に移しているかもしれない。

「殺されるのが怖いから逃げるの？」

釜男に聞かれ、初めてなぜ逃げようとしているのか考えた。

「わからない」

「命が惜しい？」

「……わからない」

斑目が破滅するところを見たいと思ったのは、事実だ。それなら逃げずに見届ければいいが、そうする気持ちもない。なんの気力も湧かない。

もう、どうでもいい——一言で言うなら、今の湯月の気持ちはそれだけだった。

斑目が必死に手に入れた兄の弱点とやらに比べると、自分の価値のなさと言ったら……。

心底、嗤えてくる。

「俺の浮気くらいじゃ、あの人は眉一つ動かさなかった」

「亭ちゃん……」

「あの人は、ずっとある男を手に入れたがってた。医者で、腹違いの兄貴の弱点だと。だけど、個人的にも興味を持ってた。そいつを手に入れた。でも、俺がその腹違いの兄貴に情報を渡した。知ったら、激怒する。俺が殺される理由は、浮気じゃない」

斑目の目を盗んで西尾を抱こうとしたが、それを見つけた斑目は浮気とも取れる行動を責めるどころか、続けろと言った。そして、一緒に愉しんだ。

その程度の価値だ。だが、あの医師は違う。なんとしても手に入れたがっていて、そしてやっと手に入れた。価値のある男なのだろう。

それを、無価値の自分が台無しにした。本当に嗤える。

「俺が情報を渡したから、あの人が手に入れたもんを、手放さなきゃならなくなる」

「ねぇ、亭ちゃん」

「せっかく手に入れたのにな。どうでもいい愛人に、まさか裏切られるとは思ってなかっただろうな。灯台もと暗しってやつだ」

「亭ちゃんってば」

「そいつのことを手に入れるために、画策してた。あの人があんなに必死に誰かを欲しがるなんて、めずらしいことだ。それを、俺がぶち壊した。すっきりしたよ。ざまぁみろだ」

「亨ちゃん」

「俺と違って、あの人が本気で欲しがってた人だ。どんな奴か知らないけど、俺と違って善良だってさ。苛め甲斐があるって……」

「亨ちゃん！」

「――っ！」

大声で呼ばれ、ようやく止まった。言うつもりのなかったことまで、べらべらしゃべってしまった。釜男だから、気が緩んだのかもしれない。こんなことは、普段なら絶対に言わない。

「悪い。変なこと言って」

軽く溜め息をつきながら、落ちてくる前髪をかき上げた。

「もう、強がらなくていいのよ」

「別に強がってなんか……」

諭すような釜男の声に、なぜか声が震える。

「本当は愛してるんでしょう?」

「誰をだ……?」

「ヤクザのカレシ。亨ちゃん、本当はヤクザのカレシのことを愛してるんでしょう?」

一瞬、言葉が出なかった。あまりにも唐突すぎて、思考が半分停止したようになっている。

「馬鹿馬鹿しい……」

辛うじてそれだけ言ったが、釜男は容赦ない。

「じゃあ、どうして証拠品を渡しちゃったの？」

「どうでもよくなったからだ。器用に生きることに疲れたしな」

「それは嘘。本当は、振り向いて欲しかったんでしょう？　カレシが他の男に興味を持ったから、嫉妬したのよ。逃げるのは、追いかけてきて欲しいからでしょ？」

好き勝手言う釜男に、口許に笑みを浮かべながら首を横に振った。そんなはずはない。振り向いて欲しいなんて、思っちゃいない。追いかけて欲しいなどと、望んでいない。

「ロマンチックだな。でも、釜男が思ってるような感情はないよ」

これ以上釜男と話していると、感情をかき回されて自分を見失いそうだ。斑目のもとを去ると決めたのだ。決意が鈍る前に、消えたい。

「これ、金。全部やるよ」

湯月は釜男の手を取り、札束を入れた紙袋を摑ませた。痩せた手が持つと、より大きく感じる。

「好きに使ってくれ。ちゃんと治療して、またステージに立て。釜男は、死んだら駄目なんだよ。お前みたいないい奴が、病気に負けるなんて世の中救いがなさすぎるだろ」

釜男は紙袋の中を覗いた。そして、目を丸くしてそれを押し返す。

「駄目よ。こんなに貰えない」

「いいんだよ。あの人に貰った金なんて、もういらないんだ」

「駄目。お金なんていらないから、行かないで、亨ちゃん。亨ちゃんがいなくなったら、あたし寂しい」

それは、自分のためだけに言った言葉ではないと湯月にはわかった。優しい奴だ。寂しいと言えば、思い留まると思ったのだろう。だが、釜男の頼みでも聞いてやれない。

もう斑目の側で美味しい思いをするのは、疲れた。

「ごめん、釜男。俺、やっぱり無理だ」

しっかりと自分の手を握る釜男の手を、そっと解いた。湯月の心が決まっているとわかったのか、少し拗ねたような悲しい顔をする。

「本当に行っちゃうの？　亨ちゃんはこれからどうするの？」

「どっかでバーテンの仕事でも見つけるよ。住む場所が決まったらハガキくらい出すから、寂しがるなよ」

「本当？　本当に連絡くれる？」

「ああ、約束するよ。じゃあな」

湯月は、それだけ言って立ち上がり、ドアへと向かった。

さよならだ。

釜男といると、楽しかった。好きだった。友情を感じていた。大事にしていた。また、失う。馬場が死んで、自分の居場所だった『希望』を失った時と同じ感情に支配される。

寂しいのは、自分のほうだ。釜男と別れるのは、寂しい。

その時、釜男に呼び止められ、振り返った。ベッドに座る大事な友人の視線を、全身に受ける。

「器用に生きることに、疲れたですって?」

泣き笑いのようなその顔を、湯月はぼんやりと見ていた。心が共鳴する。

「思い上がりもいいとこ。亨ちゃん。あなた、すごく不器用よ」

釜男の目から、大粒の涙が溢れた。

4

湯月が辿り着いたのは、海辺の街だった。

地方の小さな街で漁師や日雇い労働者も多く、世辞にも裕福な印象はない。けれども、どこか懐かしい気がして、湯月はこの土地に吸い寄せられるように滞在を決めた。持ってきた金はあまり多くはなかったが、文無しの生活には慣れていたため不安もなかった。

潮の香りが漂う街の一角に、その店はあった。四十手前の和装のママが経営する小さなバーで、ママ一人で切り盛りしている。少し前にバーテンダーが一人いたらしいが、急に辞めたらしく、今は湯月がその立場に収まっていた。

「湯月君。お願い」

「はい」

ボックス席の客のところにいたママから呼ばれ、湯月は氷を入れたアイスペールを持って空になったそれと交換した。戻ると、カウンター席の客のグラスが空なのに気づいて引き取る。サラリーマンふうの男は誰かを待っているようだが、どうやらフラれたらしい。もう二時間近くここに座っている。

「何かお作りしましょうか?」

「一気に酔えるものがいいな。何かあります?」

「強いのがよろしければ、ボンバーはいかがでしょう? ウォッカとブランデーをベースにした辛口のカクテルです」

「いいね。じゃあ、それで……」

湯月はカクテル・グラスを用意し、同量のウォッカとブランデーをシェイカーに注ぎ入れ、二種類のリキュールを加えてシェイクした。狭い店内を、小気味いいシェイカーの音が吹き抜ける。グラスに注いで客に提供すると、フラれた男はやけ気味に半分ほど一気に飲んでその強さに顔をしかめた。さりげなくチェイサーを出す。

斑目のもとから逃げてきて、一週間。新しくいついた場所は、湯月を優しく迎えた。

アテもなく辿り着いた街で見つけたのは、バーテンダー募集の貼り紙のしてあるこの店だった。すぐにその貼り紙を手に公衆電話からかけてみると、店に出るところだったママが開店前の店内で面接をしてくれるという。湯月の前に現れたのは、『海鳴《うみな》り』という名前からは想像できない年上のしっとりした色香のあるママだった。

斑目の時のようにカクテルを作らされることはなく、面接はものの五分で終わり、その場で採用が決まった。こんなにもあっさりと決まるなんて拍子抜けで思わず聞いたが、答えもあっさりしたものだ。

ママ曰《いわ》く、雇っていいと思ったから。

なぜそう思われたのかは、わからない。女の勘みたいなものだと笑っていた。

「もう一杯くれるかな？」

「同じのでよろしいですか？」

「ああ。もっと酔いたい」

斑目のことも、沢田のことも、あの医師のことも、全部無関係の世界で一からやり直す。それが、湯月が選んだ道だった。だが、自分のしたことの結果が気になっているのも事実で、チラチラと脳裏に浮かんでは消える。

斑目のシノギに関する情報を、腹違いの兄に渡した。あの男は、証拠品をネタに大事なものを奪い返しただろうか。斑目は、手に入れたものを手放しただろうか。少しは怒らせることができただろうか。

（もう、俺には関係ない……）

裏切って逃げたのは自分なのに、いつまでもその顚末を気にし続けているのは、まるで斑目にまだ縛られているようだった。愛人という立場から、いまだ抜け出せないでいる。

いや、斑目という男の呪縛から逃れられないでいるのかもしれない。

『逃げるのは、追いかけてきて欲しいからでしょ？』

釜男が病室で言った言葉が脳裏に蘇ってきて、湯月は再び自問した。だが、何度考えてもわからない。

その時、店のドアが開いてベルが鳴った。

「いらっしゃいませ」

ママの声に、湯月はグラスを拭いていた手を止めてドアのほうを見た。

「いらっしゃ……」言葉は最後まで出ず、喉の奥に消えてしまう。

斑目だった。スーツを着た斑目が、店に入ってくる。

「……湯月」

少し雰囲気の違う客の到来に、ママは湯月に視線を向けた。軽く目を伏せると何か悟ったようだが、斑目がカウンター席につくと他の客と同じようにおしぼりを渡す。いつもと違うのは、声をかけなかったことだ。このぞっとするような凄みのある男の目的が湯月だと、咄《とっ》嗟《さ》に判断したらしい。

「捜したぞ」

一言そう言われ、湯月は斑目を一瞥した。

なぜ、斑目がここにいるのか。

半ば混乱し、黙って目を伏せたまま考える。そして、もう一度斑目に視線をやった。

その顔には、殴られたような痕があった。唇は切れ、目の周りの皮膚には痣《あざ》。黄色く変色しているのは、治りかけの傷だという証拠だ。治りかけでこの状態ということは、かなり酷い傷だったのは間違いない。しかも、これは殴り合いの傷だ。素手で殴り合った傷。腹違いの兄と、医師を取り合ったとでもいうのか。

「マティニィ」

何も言わない湯月に、斑目は短くそう言った。仕方なく、グラスを用意する。斑目のために幾度となく作ったカクテルを、その目の前で再び作るとは思っていなかった。

自分の置かれた状況に、なかなか馴染めない。

(なんだ、これは……)

なんとか動揺を抑えながら、大きめの氷を入れたミキシング・グラスに材料を入れ、組んだ氷の間にバースプーンを差し込んでステアする。

ママは二人がただの顔見知りではないと気づいているようだが、相変わらず間に割って入るようなことはせず、他の客の相手をしていた。大人の色香を漂わせる年上の女性は、なんでも見抜いてしまうのだろうか。

「どうぞ」

カクテルを仕上げると斑目の前にコースターを置き、グラスを載せた。斑目がそれに手を伸ばす。まるで懐かしむように味わう表情を見て、ようやく自分から声をかける気になった。

「どうしたんですか、その顔。あなたらしくないですね」

「幸司と殴り合った」

その言葉だけで、大体のことが把握できた。

部屋に押し入ってきたあの男は、湯月が教えた監禁場所に行き、シノギの証拠をネタに交渉をしたのだろう。なぜ殴り合いに発展したのかはわからないが、斑目がそんな泥臭い真似をしたのだ。一人の人間を取り合って、躰を張った。

本気で惚れた相手だったのかと、改めて自分のしたことの重大さを知る。

だから、斑目はここに足を運んだのだろう。医師を手放す原因になった自分を自らの手で殺しに来たのも、納得がいく。

銃で撃たれるか。コンクリートの塊にくくりつけられて海に放り込まれるか、それとも深い山の中に連れていかれて自分の掘った墓穴の中に突き落とされて生き埋めにされるか。

苦しいのも痛いのも嫌だと思うが、死にたくないとは思わなかった。胸にあるのは、諦めだ。殺されるのも、仕方がない。

「よくも逃げやがったな」

「そりゃ逃げますよ。あずかっていた情報を売ったんですから」

「お前のせいで、せっかく捕まえた幸司の弱点を手放すことになった。中国人もだ。組織は壊滅状態だが、失敗だ。あんな生温い幕引きじゃあ、また似たようなのが現れる。若頭には、こんな報告は二度とするなと言われた」

「沢田がさぞ喜んでるでしょうね」

「まぁ、そっちはいい。まだ勝算はある」

「殺しに来たんだったら、店の外で頼みます。ママには迷惑はかけられないので」

斑目は黙ってマティニィを呷り、鋭い視線を送ってきた。

そんな注文を出す立場にないと、言いたいのだろう。自分でもわかっている。けれども、どんな殺され方にしろ、それだけは約束して欲しかった。一週間だが、ママは行くところのない湯月を黙って受け入れてくれた人だ。世話になった相手に、迷惑はかけたくない。

「戻ってこい」

そう言いながら、斑目はグラスを前に出して二杯目を要求する。一瞬、聞き間違いかと思った。それがわかったのか、もう一度言う。「湯月。戻ってこい」

どう返せばいいかわからず、無言のまま自分の手元をじっと見ていた。

動揺を隠すように、二杯目のマティニィを作り始めるが、斑目の視線が自分に注がれているのがわかり、いたたまれなくなる。

斑目の言ったことの意味を理解しようとしたが、何一つわからなかった。

「戻りません」

「お前に選択権はない」

間髪入れず言われた。相変わらず、傲慢なところは変わらない。口答えなど一切許さないといった態度だ。自分の抵抗くらいで、斑目が引き下がるとは思えなかった。何度押し問答しても、平行線のままだろう。

決して受け入れられない主張を繰り返すよりもと思い、二杯目のマティニィをコースターの上に置くと話題を変える。

「どうしてここがわかったんです？　携帯も捨ててきたのに」

「お前のお友達に聞いた」

「お友達？」

「キロネックスとかいうオカマだ。すぐに吐いたぞ」

斑目はグラスに手を伸ばし、不遜な態度でスーツの内ポケットから一枚のハガキを出した。湯月が、釜男に宛てたハガキだ。住む場所が決まったら連絡するという約束通り、湯月はすぐにハガキを送った。最後に見た釜男の涙が、忘れられなかった。

釜男のことを、斑目に話したことはない。もちろん、店の人間にもだ。それなのに、なぜ釜男のことが漏れたのか。

自分のプライベートについて、斑目が知っていたことが驚きだった。

少しは自分を気にかけているのかと思ったが、そんなはずはないと嗤う。これまで、斑目が自分に興味がないことを散々思い知らされてきた。今さらそんなふうに思える自分に、呆れた。

おそらく、こういう時のために身辺を把握していたのだろう。知りすぎた人間は、時には命取りになる。その時のための保険としてなら、当然だ。必要に駆られてというなら、それも納得できる。そう自分に言い聞かせた。

「あいつに手ぇ出してないですよね?」

釜男のことが心配になって聞くと、鼻で嗤われる。

「死にかけのオカマに俺が何かすると思ってるのか?」

斑目は、半分ほど空けたグラスをいとも簡単に空にした。

「それならいいです」

「帰ってこい」

「嫌です。帰りません。帰るのは、あなたのほうです。俺はもう、ここのバーテンですから、客のためにカクテルは作りますけど、そうじゃないなら帰ってください」

「飲み比べで俺に勝ったら、おとなしく帰ってやってもいい」

「お断りです。一度負けてますから」

三杯目を注文され、顔色一つ変えない男に向かってこう続けた。「無謀な賭《か》けはしない主義なんです」

湯月に言っても無駄だと思ったのか、カウンターに戻ってきたママに向かっていきなり言う。

「こいつが世話になったな。うちの店のバーテンだ。連れて帰る」

「勝手に雇用契約を解除しないでください」

「俺のほうもまだ解約してない」

確かに、一方的に辞めた。それについては、反論できない。

「二重契約だ。ママ、こっちが先に契約してる。悪いが、連れて帰るぞ」

「あなたとは、ここで契約解除します」

「それが通用すると思ってるのか?」

二人の主張は、平行線のままだった。ママは、それをまるで子供の喧嘩でも眺めるような顔で見て微笑む。

「営業中に連れていかれると、困りますわ」

穏やかな笑顔で言われたからか、斑目はそれ以上自分の主張を貫こうとはしなかった。意外に紳士的なところもあるのかもしれない。

「交渉がきちんと終わりましてから、お話を伺いますわ。そのほうがよろしいみたい、それから湯月君。あちらの女性のお客様に、チェイサーをお持ちして」

「はい」

助かったと思いながら、トールグラスに氷を入れてそれを用意する。

「また来る」

それだけ言い残して、斑目は店を後にした。

愛しているにもほどがある。
タンA
愛している
タンA
愛とは
与える
ものだか
愛して
云ってくれ。
リポリタ
名も無き日々。
ール

めた。

もう一度、斑目から逃げよう。

湯月は、自分のアパートで荷物をまとめていた。荷物といってもほとんどなく、ボストンバッグ一つあれば十分だ。明日、ママに電話をして、きちんと謝罪してからそうしようと決めた。

行くところがなかった自分を雇ってくれ、アパートもすぐに借りられるよう知人に頼んで手配してくれた人だ。恩を仇《あだ》で返すのは申し訳ないと思うが、このままではもっと迷惑をかけることになるかもしれない。

いっそのこと斑目のところに戻って、煮るなり焼くなりしてもらったほうがいいかとも思ったが、斑目はどうやらそうするつもりはないらしい。その気があるなら、湯月の居場所をつき止めた時点で、殺している。

もしかしたら、若頭の菅沼が連れてこいと言ったのかもしれない。斑目の腹違いの兄に情報を渡したことで、中国人の男まで手放したと言っていた。二度とシマを荒らさないよう警告の意味も籠めてきっちり落とし前をつけるのが、極道が取るべき道だ。だが、湯月の裏切りのせいでまっとうできなかった。

（そりゃそうだよな）

戻ってこいの意味を履き違えていたのかもしれないと今さらながらに気づいて、湯月は嗤った。せめて最後くらい自分で始末してくれればいいものを、その権限すら他人に委ねるのか。

それなら、とことん逃げてやろうという気にもなった。

今度こそ、完全に足跡を消してやる。

荷物をまとめ終えた湯月は、小銭をポケットに突っ込むと飲み物を買いにアパートを出た。深夜の三時を過ぎたこの時間、近くに開いている店はなく、十分ほど歩かなければ自動販売機すらない。だが、寂れた街は気に入っていた。わずか一週間でも、それなりに名残惜《なごり》しくなるものなのかと思う。

その時、自分に近づいてくる人の気配を感じた。一瞬、斑目の腹違いの兄かと思ったが、話によると決着は既についている。あちらが勝利したのなら、湯月の周りをうろつくはずがない。そして、気配が違う。マンションに押し入られた時とは異なる嫌な空気を感じた。

（誰だ……？）

気づかないふりをしながらしばらく歩き、どこに行けば自分の有利になるか考えるが、行きづまった。この街に来て、まだ間もない。地の利なんてレベルではない上、相手はおそらく堅気の人間ではない。そう簡単にはいかないだろう。

民家もあるが空き地や倉庫も多い場所に差しかかり、湯月の意に反してより人気のないほうに来てしまい、危険感を抱く。

振り向くと、黒い影が現れた。一人。さらにもう一人、右の路地から姿を現した。そしてさらに背後。湯月の向かっていた先からも、男が三人現れた。

どうやらはじめから取り囲まれていたようだ。

「湯月亭。一緒に来てもらおうか？」

前方にいた男からは、ただならぬ殺気が漂ってきた。暗くてよく見えないが、銃を向けられているのはわかる。影はゆっくりと近づいてきて、街灯の下にその姿を晒した。

沢田の舎弟だ。見たことがある。

「来てもらおうか？　若頭がお前に用がある」

「俺に、なんの用です？」

「それは来てのお楽しみだ」

応じなければ、力ずくでも連れていくつもりらしい。

湯月は、周囲に視線を巡らせて状況を把握した。人通りはない。ここから逃げても、すぐに捕まる。

「俺は組とは関係ない」

「それが通用すると思うなよ」

「もう店も辞めた」

「だから、うちの若頭はその話が聞きたいんだよ」

沢田は、湯月と斑目の関係に気づいていた。自分が有力な情報源としての価値があることに今さらながらに気づき、こうなると予想していなかったことを迂闊《うかつ》だったと反省した。

相手はヤクザだ。情報が引き出せる状態なら、半殺しでも構わないと思っているだろう。

湯月は、諦めの溜め息をついた。男が、近づいてくる。

「――ぅあ……っ」

相手が油断した瞬間、持っていた小銭を男の顔に投げつけた。一瞬の隙に塀を乗り越え、空き家らしき民家の敷地内に飛び込んだ。走る。

「待て！」

やはり撃ってはこなかった。このご時世だ。さすがにところ構わずというわけにはいかないのだろう。少なくとも、この辺りは民家がある。潮の匂いのする風を頰に受けながら、暗い夜道を走り抜けていった。後ろから追ってくる沢田の舎弟たちの足音が、闇に響く。

漁船が多く停泊している港に入り込み、身を隠した。街灯も少なく、陸に揚げられた船はいい身の隠し場所になる。多勢に無勢だが、やり方によっては数のハンデを埋められる。

落ちていた木材を拾った。銃に対抗するには頼りないが、何もないよりいいだろう。

「お前はあっちだ」

　手分けして湯月を捜す声が聞こえてきて、息を殺す。数人、湯月が身を隠している場所とは反対側に向かった。けれども、一人、こちらに歩いてくる。

　陰に隠れ、足音が近づいてくるのを待った。五メートル。三メートル。一メートル。

「――ぐぅ……っ」

　チャンスが来ると男の顔に木材を叩き込んだが、潮に晒されて黒く変色したそれはいとも簡単に半分に折れた。ダメージは小さい。しかし、すぐに背後から腕を回し、男の顎の下に肘を入れて締め上げる。

「うう……っ！」

　男はもがいているが、その力は次第に弱まっていった。あと少し。さらに締め上げる。落ちた。しばらくは、気を失ったままだろう。ゆっくりと男を地面に寝かせ、身を屈《かが》めて移動する。

「そこまでだ」

「――っ！」

　湯月は、動きを止めた。

　後頭部に押しつけられたのは、間違いなく銃口だ。ここなら銃声が人のいるところまで届かない。海鳴りにかき消される。

「ただのバーテンがヤクザ相手に立ち回りか？　いい根性してるな」

「ぐぅ……っ」

腹に一発蹴り込まれた。胃液が上がってきて、口の中が酸っぱくなる。さらに二発。

湯月は、躰を小さくしたまま地面にうずくまった。髪を摑まれ、上を向かされる。

「今までは、後ろ盾に護《まも》られてただろうが、そうはいかねぇぞ。バーテンごときがデカい顔できたのは、あんたが男に尻を振ってたからだ」

「……っぐ」

「痛い思いしたくなけりゃ、全部吐いてもらうぞ。一緒に来てもらおうか」

そのまま引きずっていかれ、ワゴン車に押し込まれた。後ろ手に縛られ、頭に布袋を被せられた時点で、諦めた。今は、何をしても無駄だ。

（くそ……）

斑目から逃げるはずだったのに、沢田の舎弟に捕まるなんて馬鹿だ。まさか、沢田まで自分を追っているとは思っていなかった。完全な油断だ。

観念した湯月は次のチャンスを待つしかないと、袋を頭に被せられたまま、黙って運ばれた。車は比較的緩やかな速度で進んでいく。舎弟が時折報告の電話をしているのが聞こえたが、内容までは聞き取れない。

何時間走っただろう。時間の感覚がなくなる頃、車はようやく停《と》まった。ドアがスライドする音が聞こえ、腕を摑まれて車から引きずり出される。

（どこだ……？）

立った感覚から、足元は土の地面だとわかった。柔らかく、微かに凹凸がある。しかし、せっつかれてしばらく歩くと、石畳のような感触に変わった。匂いは、自分の流れ着いた海辺の街とはまったく違う。草いきれ。

そう。草の匂いだ。自然が多い場所だとわかる。

別荘地ということだろうか。斑目が拷問や監禁するための場所を常に確保していることを考えると、沢田もそういった場所を持っていて当然だ。

「入れ」

建物の中に入ったのがわかった。柔らかな絨毯の感触。

「連れてきました」

跪かされ、ようやく被せられていた布袋を取り払われる。急に光が目に入り、湯月は目を細めた。目が慣れてくるのを待ってから、ゆっくりと瞼《まぶた》を開く。

「手荒な真似をして悪かったな、湯月」

目の前にいたのは、沢田だった。革張りのソファーに悠々と座っている。『blood and sand』でも、同じように座っていた。自分のほうが立場が上だという主張が、全身から漲《みなぎ》っている。

この男は何を企んでいるのか——湯月は勝ち誇ったような態度の男に視線を注いだ。

「聞いたぞ。斑目を裏切って逃げたそうだな。よくやったもんだ。おかげで、捕らえていた中国人に逃げられたそうだ。とんだ失態だ」

沢田は、さも楽しげにそう言った。

「俺をさらっても、意味はないですよ。人質にする価値はもうないですから」

「そんなことをするつもりはない。聞きたいことがあるだけだ」

「聞きたいこと、ですか？」

「情報をどこまで売った？　奴は、今回の件についてどこまで把握してた？」

はっきり聞くものだと、湯月は嗤った。

こういった質問をするということは、湯月に自分の正体を晒したも同じだ。中国人の組織に手を貸したと言っているようなもので、自らそれを確かめるということは、それなりに危機感を抱いているのだろう。斑目がいつ自分の喉をかき切るのか、警戒している。

「今回の件？　なんのことです？」

「シラを切っても無駄だ。腹を割って話そうじゃないか。もし、お前が奴を裏切ってこっちにつくのなら、護ってやってもいい」

「あなたが中国人の組織に手を貸したことについて、どこまで知ってるかって話ですか？」

「ああ。そうだ」

否定しない沢田のしたたかさには、参る。

いずれ始末するつもりなら、何を知られても構わないのだろう。湯月が沢田の何を知っても、それは湯月の存在とともに闇に葬ることができる。そして今、そうできる状況にある。

沢田につかなければ、生きてここを出られない。

「奴が怖くて言えないなら、俺が護ってやってもいいぞ。湯月。お前は知りすぎてる。知りすぎた男がどうなるか、わかるだろう？　殺されるか、それとも寝返ってより強力なバックに護ってもらうかだ。お前の出方次第で、状況は右にも左にも転がる」

厄介なことに巻き込まれたものだと思った。斑目を裏切ったことが、沢田を動かすきっかけとなった。以前から何かと絡まれていたことを考えれば、こうなって当然だと言える。

沢田は、菅沼の右腕とも言える斑目の寝首を掻くチャンスを狙っていた。ことあるごとに湯月に接触を試みたのも、斑目に対する忠誠心を測るためだ。

確かに、この男に寝返ったら湯月の安全は保証されるかもしれない。それどころか、菅沼を出し抜くために斑目の失脚が必要不可欠だと思っている男に手を貸せば、奇跡の逆転劇という可能性もある。

斑目の今回の失態の原因が、腹違いの兄やその弱点である医師だったと上にバレれば立場は悪くなるだろう。医師を手に入れたのは組織の人間の口を割らせるためという大義があったが、失敗に終わればそれも言い訳にしかならない。

役割を果たさず、与えられた使命をおろそかにしたと判断される。

「奴が破滅するのを、見たくないか？」

それは、湯月の心を揺さぶった。

「俺なら愛人は大事にするぞ。何人いてもな……」

この男なら、本当に斑目を失脚させることができるかもしれない。

ふと、湯月の胸にそんな思いが湧き上がった。

斑目の腹違いの兄とは違い、沢田は斑目を本当に破滅させるだけの力を持っている。因縁の兄弟喧嘩とは違い、血で血を洗うような凄絶な権力争いに発展する恐れもある。

確かに、斑目が破滅する姿を見たいと思ったことはあった。今もそれは変わらない。異例の早さで出世し、極道としてのし上がっていくさまを見るのは爽快な気分だった。そんな斑目が、自分の目論見を外し、失脚して跪くのもセクシーだ。悔しさに奥歯を噛み、膝をついて敗北を噛み締める——想像しただけでゾクゾクした。性的快感を伴う高揚がある。

けれども、そんな姿を見てみたいと思う反面、敗北する斑目を見下ろし、勝ち誇っているこの男を見たいとは思わなかった。想像すらできなかった。

矛盾している。

「俺は、何も知りませんよ」

口をついて出たのは、そんな言葉だった。ここで沢田の提案を受け入れるのが、賢い選択だ。器用に生きるなら強いほうに――今、有利なほうにつくのがいい。

「なんと言った？」

「俺は、何も知りませんと言ったんですよ」

頭ではそうすべきだとわかっているのに、どうしても沢田に寝返るという選択肢に気持ちが動かない。

「今さら奴に義理立てして、なんになる？　お前は既に裏切り者だぞ」

「だから？」

「ただの愛人が、なぜそこまでする？」

「さぁ。言えるのは、交渉は決裂ってことだけです」

「その意味が、わかってるのか？」

わかっている。ここでこの男の申し出を受け入れなければ、間違いなく殺される。

命を懸けても斑目を護りたいだなんて、思っちゃいない。そうするほど義理堅くはない。

ただ、斑目を破滅させるために誰かの手を借りたくなかった。

わかるのは、それだけだ。

「手荒な真似はしたくなかったが、口を割らないならしょうがない。残念だよ、湯月」

これ以上話しても無駄だとわかったらしく、沢田は笑みとともに残忍さを感じる光をその目に走らせた。

斑目が舎弟たちを使って湯月の居場所を捜し始めたのは、湯月が沢田の舎弟に捕まってから一時間ほどが過ぎてからだった。

湯月が店を辞めて再び逃げようとしていたのは、アパートに残された荷物からわかった。だが、まだ実行していない。まとめた荷物はそのままに、店のママにもまだ辞めるとも言わずに消えた。おそらく、今は沢田に囚《とら》われているだろう。

沢田の舎弟が何やら動いているというのは把握していたが、先を越された。このところ、斑目は後手後手に回るばかりだ。何をしているんだ……、と己の不甲斐なさに苛立ちを隠せない。こんなことは今までになかった。

(俺も勘が鈍ったか……)

湯月を見つけた時点で、力ずくでも連れて帰るべきだった。悠長なことをしているうちに、沢田が動いた。そもそも、湯月をなぜ言葉だけで帰らせようとしたのか——。

愛人なら、しかも自分を裏切った男なら、半殺しにして持ち帰るくらいのことはするはずだ。今までの斑目なら、そうしたはずだ。

言葉にし難い苛立ちに襲われる。ずっとこの感覚はつきまとっていて、斑目をさらに苛立たせていた。極道の世界に足を踏み入れてからというもの、計画通りに出世の道をひた走ってきた。いや、計画以上だった。それが、ここに来て大きな失態を犯した。

湯月の裏切り——なぜ、その予兆すら気づかなかったのだろうと思う。

その時、外部と連絡を取っていた指原が、真剣な面持ちで報告に来た。

「今、連絡が……。沢田の動きがやはり怪しいそうです。マンションを出たところまでは確認しましたが、行き先が特定できません」

「見失ったのか？」

「はい。こちらの動きは気づかれていないはずなのですが」

それはつまり、沢田が隠密にコトを運ぼうとしているからだ。公にできない何かを遂行中と考えていい。この状況からして、湯月が絡んでいないというのは、非現実的だ。

「沢田の行き先を特定しろ」

「は、はい」

即答しているが、普段とは違う歯切れの悪さを感じる。

指原が不満に思っているのは、わかっていた。たかがバーテンダー一人に、なぜここまでするのだと言いたいのだろう。以前、女のところに行くよう忠言した時も、ずっと不満に思っていた。シノギの一環である店を任せている女をほったらかしていたからだ。

「お前が言いたいことは、わかってる」

「あの……」

自分の不満を気取られていたとわかって気まずいのか、指原は険しい顔で俯いた。斑目が怖いというより、言うべきか心に押し留めるべきか迷っている。

だが、ここで言わなければと、思ったのだろう。指原は、自分を奮い立たせるように言った。「どうして、こだわるんですか?」

唾を呑み、もう一度、遠慮がちに、だがはっきりと言う。

「バーテンごときに、なぜそこまでこだわるんですか?」

「俺が? こだわるだと?」

こだわっていたのは、別の男だ。手に入れて、いったんは自分のものにした。だが、目的を達成したと思ったあの瞬間ですら、満たされなかった。それは、一度店に戻った時にはっきりとわかった。

湯月が店の若いバーテンダーに手を出しているのを見た時、湧き上がった狂気。そして、苛立ち。今も、自分の奥で燻っている。

「裏切り者です。捜す必要はあるんですか? それより、湯月が沢田に寝返った場合のことを考えて、対策を練るべきだと思います」

立場を顧みず、相当の覚悟を感じる顔で進言してくる指原を、斑目はじっと見つめた。

確かにそうだ。湯月は、多くのことを知っている。正しいのは、指原のほうだ。これ以上の失態は許されない。

それは、斑目を自分の後釜にと思っている菅沼に対しても、守るべき義理だった。これ以上の失態が続けば、恩を仇で返すことになる。

(くそ……)

舌打ちし、心の中で毒づく。

斑目は、三日前の菅沼の屋敷でのことを思い出していた。


「申し訳ありません」

菅沼の屋敷に到着した斑目は、これまでしたことのなかったような報告をせざるを得ない状況を噛み締めていた。ただ静かに、己の目論見が外れた結果を直視するしかない。

任された仕事を遂行できなかった報告をするなどと、誰が思っただろうか。

「申し訳ありません、か……。お前がそんな言葉を口にしなくてはならないような事態が起きるとはな。シマを荒らした連中の始末を任せたのは、間違いだったとでも言うのか?」

何も言えなかった。

湯月の裏切りにより、捕らえていた中国人組織の男を手放すことになったのは事実だ。組から言い渡されていた大事な仕事だ。組織は壊滅状態だが、シマを荒らした人間にきっちりと落とし前をつけさせられなかった責任は大きい。期待されていただけに、今回湯月がとった行動は相当なダメージとなって斑目に襲いかかっていた。

「何があった？　どうしたその顔は。中国人の奇襲にでも遭ったか？」

殴り合った傷を見て、斑目らしくないと思ったのだろう。

菅沼が組長にのし上がった時の次の若頭にと思っていると本人から聞かされたのは、若頭補佐に昇進してすぐだ。期待しているという言葉とともに、それだけの役割を与えられた。昇進に必要な実績を積むには、役割を与えてくれる者の力も必要だ。

「お前が囲っていたバーテンが関係していると聞いたぞ」

なぜ、そのことが漏れたのかと考え、答えはすぐに見つかる。

(沢田か……)

斑目は唇を歪めて嗤いそうになるのを、なんとか堪えた。

したたかなあの男のことだ。情報元は隠したままリークすることくらいできるだろう。そして、それは斑目の動きを封じるにはいい手でもある。たとえ今は菅沼が斑目を買っているとはいえ、愛人一人のために大きな損害が出るのだ。斑目の手の届かぬところで事態が動き出すことにもなり兼ねない。

「一度捕らえたんじゃなかったのか？　沢田の関与もあったと報告された時は、期待したんだがな。証拠は摑んだんだろう?」

沢田と菅沼は、同じ系列の組といっても折り合いが悪い。互いに水面下で勢力争いをしている。今回、シマを荒らした組織に沢田が手を貸したという証拠は、こちらに有利に働く。

それをみすみす無駄にするとなれば、落胆も大きいだろう。

「それについては、もう少し待ってください」

「待ってください、か……。お前にしてはめずらしいことを言う。何があった?」

「先ほど若頭のおっしゃった通りです。自分が飼っていたバーテンが関与してます。躾が行き届かず、ご迷惑を……」

「そいつのせいで、お前の計画が台無しになったということか?」

「バーテンごときに邪魔をされたのは、自分が不甲斐ないせいです」

沈黙。

菅沼の口から次にどんな言葉が出るのか――さすがの斑目も、身構えずにはいられない状況だった。湯月を捜し、差し出せと言われれば、そうするしかなくなる。

なぜ、それを躊躇しているのか。なぜ、そうなることを危惧しているのか。

己の中に自分でも把握し切れない感情がある。もう、ずっとだ。

「お前も人の子だな」

ポツリと呟かれた菅沼の声が、微かに笑っていた。

予想とは違う反応に、斑目はゆっくりと顔を上げた。菅沼の顔は、失態を犯した人間を見るそれではない。それなりの覚悟を胸に報告に来ただけに、寛大な言葉がにわかに信じ難く、疑問ばかりが頭を巡る。

「なぜ、今回だけお前らしからぬ失態を犯したか、追究はしない。組長《おやじ》への報告は、見送ってやる。自分でカタをつけられるのか?」

「そのつもりです」

「目をつぶるのは、今回だけだ。わかったな」

「はい」

「後ですべて報告しろ。それでいい」

それだけ言って、菅沼は奥へ消えた。

どうカタをつけるのか——斑目は、じっとそのことについて考えていた。

湯月の裏切りが若頭の菅沼のところで止まっているのは、不幸中の幸いだ。それは、菅沼が斑目を買っているからで、今回だけの特別処置だとわかる。

もし、このことが組全体の知るところになれば、昇進に物言いがつくのは必至だった。斑目の失脚を密《ひそ》かに望んでいるのは、何も沢田だけではない。同じ組内でも、水面下で権力争いは常に行われている。

そして、菅沼がその一存で次の若頭を決められないのが当然のように、もちろん、湯月もただでは済まないだろう。湯月の裏切りが組内で知れ渡ることになったら、庇《かば》い切れない。

「今は俺の我儘を聞け。お前らの言い分は後で聞く」

身勝手な話だとわかっていたが、今はそれ以外言うことはなかった。

「あの……今、報告が……」

若い衆が、足早に部屋に入ってきた。沢田の居場所を捜させていた舎弟からの報告だ。それによると、沢田は数人の舎弟を従えて、ある別荘地に向かったのだという。数時間前のことだ。

「それは確かか？」

「はい。以前から動きを探っていたのが、功を奏しました。間違いありません」

舎弟たちが、息を呑んで斑目を凝視している。どんな命令がくだされるのか、待っているのだ。だが、これ以上舎弟たちを巻き込むつもりはない。

「俺が一人で行く。お前らは、来るな」

場が凍りついた。

まさかそんなことを言い出すとは、思っていなかったのだろう。全員が顔を見合わせている。最初に声を発したのは、舎弟の中でも斑目の右腕とも言える働きをしてきた指原だ。

「ですが……っ」

「若頭にカタをつけろと言われてる。お前らまで引き連れていけば、大事になる。せっかく、若頭がこの件を留保してくれてるんだ。俺だけで始末をつける」

舎弟たちは、黙り込んだ。けれども納得はしていないようで、誰もが不満げに眉をひそめている。何か言いたいことがあるのは明らかだ。

「切り札はあるが、どう転ぶかわからない。一緒に来ると、お前らも俺と心中することになるかもしれないぞ」

『心中』という言葉は、効果があったようだ。

これは、ただの脅しではない。斑目が失敗すれば、ともに失脚の道を歩むことになる。二度と出世など望めないかもしれない。場合によっては、極道の世界から追放されることもある。

「お前らを見捨てるつもりはないが、万が一の時は覚悟しておけ。俺が失脚すれば、お前らも組内部での立場は悪くなる。俺についてきたことを後悔することになるぞ」

斑目は全員の顔を見渡し、言った。

「せっかく俺についてきてくれたが、こんなところで放り出すような真似をすることになって、お前たちには悪いと思ってる。本当にすまない」

そこにいた全員が、驚きを隠せないでいた。これまで斑目が舎弟に謝罪したことはないし、しなければならない状況に陥ったこともなかったからだ。それだけ、今の状況が悪いと言える。ここまで追いつめられたのは、初めてだ。

現状を噛み締めながら、斑目はふとあることを思い出していた。そして、湯月のところにばかり行く斑目に忠言した指原に視線をやる。

「指原。あれから美園のところに、何か贈ったか?」

「え? は、はい」

いきなり何を言い出すのかという顔で返事をする指原に、こう続けた。

「また何か贈っておけ。しばらく行けそうにないと伝えろ」

まさか自分がこんなことを言うとは……、と斑目はある種の覚悟を胸にした。

湯月のために、捨てるのか――。

自問するが、そんな優しさが自分の中にあるとは思えず、苦笑する。

(俺のものに手を出す奴は、誰だろうが許さん)

誰のためでもない。自分のためだと、破滅を覚悟で沢田のもとへ乗り込む準備を始めた。

意識がぼんやりしていた。まるで夢の中を漂っているようだ。

(何を……された……?)

椅子に座られた湯月は、自分の置かれた状況を確かめようと視線を巡らせた。だが、視界が悪い。暗いのではなく、すべてがぼんやりしている。輪郭がはっきりしない。

手首は椅子のアームレストに、足首は椅子の脚に縄で縛りつけられたのは覚えている。それだけでなく、椅子の脚は金具で床に固定されているらしく、躰を動かしてもびくともしなかった。逃げようとしたが、無駄だと思い知らされるだけだった。

「死ぬ前に、全部吐いてもらおう。どうせ助からないんだ。吐いて楽になったほうがいいぞ」

「……ぅ……っ」

髪を摑まれ、上を向かされた。沢田の声だ。

「いい加減に現実を見ろ。奴は助けに来ないぞ」

エコーがかかったように、声が頭の中に入ってくる。目を開けても、赤やオレンジ色をした光の中に、黒くぼんやりとしたシルエットが見えるだけだ。なんの薬を打たれたのかわからないが、自白させるためだろう。何度も、そしていくつも同じ質問をされたことだけは、覚えている。

斑目のシノギに関してのすべて。その手段。手法。書類等の隠し場所。斑目が密かに抑えている土地や建物。万が一の時に使う場所。人。情報源。

そして、沢田が今回のことに関与していた証拠をどこまで摑んでいるのか。

沢田が一番知りたいのは、そこだろう。自分の足元を崩すだけの材料が揃っているなら、それをどう取り返せばいいか画策している。

「……俺は、……何も……」

「何も知らないということは、ないだろう。ん？」

「知ら……な……い……」

「お前は数多くいる愛人の一人だ。ただの道具なんだよ。利用されてるだけだってのに、なぜ奴を護る必要がある？」

そんなことは、わかっていた。自分が多くいる愛人の一人でしかないことくらい、十分に理解していた。

はじめから、期待などしていない。器用に生きられたらよかったのだ。金と地位を手にした斑目につくことで、美味しい思いができればよかった。上手く世間を渡り歩くことだけを考えてきた湯月には、斑目は都合のいい男だった。それだけだ。それ以上、何も望んではいない。望んでいたはずがない。

「……くたばれ」

なんとか声に出し、嗤った。

「勇気があるな」

沢田の声に暴力的なものを感じたが、不思議と自分の身を護ろうという気持ちはなかった。口など割るものか。

なぜそんなふうに思うのかは、わからない。沢田の言う通り、斑目に義理立てする必要もないが、死を目の前にしても気持ちは変わらない。

多分、ここで殺されるだろう——

誰の目にも触れず、死んだことすら闇に葬り去られるかもしれない。

(俺を殺すのは、この男か……)

湯月は、目の前のシルエットを眺めながら、ぼんやり思った。落胆という言葉が、今の心情に一番近いだろう。

なぜ、自分を殺すのがこの男なのか。よりによって、なぜ沢田なのか。

(あなたは、俺を殺してもくれないいんですね)

死を意識したからか、斑目に対する感情が湧き上がる。

斑目の好みのカクテルも覚えた。好みのセックスもだ。求められることには、全部応じてきた。もちろん、報酬は十分貰ったが、最後くらい自分の手で始末して欲しかったと思うのは、贅沢《ぜいたく》な望みだろうか。

『亨ちゃん、本当はヤクザのカレシのことを愛してるんでしょう?』

思い出すのは、斑目のところから逃げる前に釜男に言われた言葉だ。あの時は、馬鹿馬鹿しいと思ったが、今は少し違った。

釜男の言葉が、胸の奥に響いてくる。

(まさか……)

ふと、笑みが漏れた。そんなはずはない。

何度も否定するが、記憶の中の釜男は相変わらず同じことを繰り返す。

『愛してるんでしょう?』

そんなはずはない。愛しているはずがない。

「何を笑ってる?」

沢田の声に、思考を邪魔された。鬱陶しい奴だ。そう思う傍ら、今度はもう一人の自分が問いかけてくる。

じゃあ、なぜ楽にならない? 愛していないのなら、なぜ沢田に寝返らない?

(ああ、そうか……)

湯月は、ようやくその声に耳を傾ける気になった。それを見計らったように、また、釜男の声。

『愛してるんでしょう?』

子供の頃からよく知っている友人の言葉に、湯月は観念した。

（お前には、負けたよ……）

助かる道を諦めたからか、頑《かたく》なに否定してきたことをようやく認めようという気になった。愛していた。多分。

それは、素直な気持ちだった。確かに、釜男の言う通りかもしれない。

兄の弱点という男を手に入れたぞと、斑目が自慢げに電話をかけてきた時に感じたのは、おそらく嫉妬だ。自分との約束など簡単に反故《ほご》にしてしまう相手。そう思っただけで、見たこともない男に対して、嫉妬の念を抱いた。

そして、待っていた。

待っているのではないと自分に言い聞かせながらも、斑目が来るのを待っていた。

西尾に手を出したのも、待てども待てども来ないとわかっている男のために、カクテルを考案していたからだ。その腹いせに、あんな行動に出た。

どうせ自分が何をしようと何も感じないのなら、自由にするだけだという思いがあった。

そして、見つかった。まずいことになったと思ったが、同時にそれは希望だった。少しでも斑目の感情を揺さぶることができれば……、とどこかで思っていた。

そして、その目論見すら外れ、絶望した。斑目のところから逃げたのは、ただ疲れたからではない。絶望したのだ。数多くいる愛人の一人という立場の自分に、絶望した。

それでも、沢田に寝返らない自分がおかしくてならない。馬鹿らしい。そう思うが、やはり気持ちは変わらなかった。

そんなに、愛しているのか。

「湯月。これで最後だ。こちらに寝返る気はないんだな？」

湯月は、嗤った。

それが答えだと、沢田もわかったようだ。

「そうか……」

湯月を運べと命令する声がして、躰が浮いた。

部屋から運び出されるのがわかり、されるがまま身を委ねる。

（どこ、だ……？）

足音。階段。ドアの開閉。

予想に反して、放り出されたのはクッションの効いたベッドの上だった。寝心地のいい場所に再び躰を横たえることになろうとは思っていなかった。しかし、その理由はすぐにわかる。人の気配が消えてしばらくすると、また別の音が聞こえてくる。

シャワーを浴びる音だ。

（下司野郎……）

湯月は心の中で毒づき、なんとかベッドから這い出した。手探りで辺りを調べ、テーブルに辿り着く。その上には、ウィスキーの瓶やアイスペールなどが置いてあった。役に立つものはない。キャビネットを調べた。

馬のオブジェ。駄目だ。洋書。違う。そして見つけた。ペーパーナイフ。

武器にするには頼りないが、ないよりマシだ。まだ思うように動けないが、必死にベッドまで戻ってマットレスの下にそれを隠しておく。

沢田がシャワールームから出てきたのは、その直後だった。

「愉しもうじゃないか、湯月」

テーブルの上に置いてあったウィスキーを呷り、近づいてくる。

「ムショにいた頃に、お前に似たのがいた」

「う……っ」

仰向けに寝かされた湯月は、髪を摑まれて上を向かされた。沢田と目が合う。

「俺はまだ二十五だった。そいつは二十歳《はたち》そこそこでな」

ギ……、とベッドが沢田の重みを受け止めた。石鹸《せっけん》の匂い。清潔感のある匂いだが、今はむしろ、沢田の欲望があからさまに感じられるだけの不快なものでしかなかった。

「奴は、他人のことを見下していた。いつもだ。腕っ節は強くなかったが、誰にもひれ伏さなかったよ。おかげで格好の餌食だった」

その過程を愉しむかのように、沢田は湯月の衣服をゆっくりと剝ぎ取っていった。まずボタンを外し、スラックスのファスナーを下ろして下着ごと引きずり下ろす。

何もできない湯月に、屈辱を与えて愉しんでいるようだ。

「そのうち何かが起きるだろうって空気が漂うようになってな、ある時、看守の目の届かないとこで五人に輪姦《りんかん》された。それでも媚《こ》びなかった。だが、狂気は伝染する。それがきっかけで代わる代わる犯られるようになった。結局精神的に崩壊した。素直に女になれば、生きていられたものを……」

湯月は、沢田の昔話を聞きながら、自分がその男に重ねられているのだと感じた。だが、勝手に想像されても困る。

「あんな目をする男に、また出会えるとはな……」

沢田の言葉に、湯月はクッ、と喉の奥で嗤ってから言った。「あんたは……そいつと、やったのか？」

そして、さらに見下したように続ける。

「できなかったんだろ？　まだ、二十五、だもんな。指咥えて、見てたんだろ？　だから、俺にそいつを……重ねて、思い出に……、浸って……」

「残念だな。最初に奴を犯したのは、俺だ」

勝ち誇ったような言い方をしたかと思うと、沢田の手が首に伸びてきた。

「う……ぐ……っ、……ぁ……」

頸動脈《けいどうみゃく》を圧迫され、息ができない。お前など自分の気持ち一つで殺せるのだと、証明しようとしている。もがいたが、なんの効果もなかった。

「そういうところだよ、湯月。お前は奴に似てる。その見下した目。冷めた態度があの時のあいつに似ている。思い上がるな。お前が斑目の愛人だったから、大目に見てやってただけだ。ただのバーテンが俺に生意気な口を叩きやがって……澄ました顔で、お前が俺の誘いをかわすたびに俺が何を考えてたか、わかるか？」

「……っく、……ぁ……ぁ……あ」

「こうやって、お前のプライドをずたずたにする瞬間だ。お前が俺を軽く見るたびに、いずれ来るこのチャンスを想像して、こいつをたぎらせたよ。年甲斐もなくな……」

左手を取られ、握らされた。中心は、すでに鎌首をもたげている。

「なぁ、湯月。因果なもんだなぁ。俺はムショにいた頃に、女じゃ味わえん悦びってもんを覚えて帰ってきた。これぱっかりは、運が悪かったな」

マットレスの下に忍ばせておいたものに、右手を伸ばした。チャンスだ。自慢げに握らせている沢田に、隙ができたのがわかった。手にしたものを突き立てる。

「ぐ……っ！」

「――っぐ、――げほげほげほ……っ」

肺に酸素が一気に入り込んできた。逃げようとしたが、ペーパーナイフはその先端が沢田の腹に刺さっただけで、浅かったようだ。あっさりと組み敷かれ、脚の間に膝を割り込まされる。

「いいぞ、湯月。お前が抵抗すればするほど、たぎる」

「ぅ……っぐ、……ぁ……っ、――ぁああ……っ！」

あてがわれ、腰を進められて苦痛に喘いだ。ねじ伏せられ、押さえ込まれて無理やりぶち込まれる。斑目とは違う男の感覚だ。逃れようとしたが、無理だった。躰はろくに動かず、状況はさらに悪化する。

「この味は、一度覚えると忘れられないもんだ」

前後に躰を揺すられ、為す術もなく身を放り出していることしかできない。

「ぁ……っく、……っふ、……ぅう……っく」

「極道の世界で、デカい顔をしたことを後悔しろ。後ろ盾をなくしたお前には、生き残る術はもうない」

「……ぁあ……っく、……は……っ、……ぁ……っう！」

「いい格好だ、湯月。お前をこうして犯す日が、本当に来るなんてなぁ」

たっぷりと愉しんでやろうという意図が、声からもわかった。

（ちくしょう）

どうすることもできず、その欲望に晒される屈辱を噛み締めていることしかできない。激しい抽挿に脳味噌までかき回されているようで、思考はさらに鈍くなる。

その時、にわかに部屋の外が騒がしくなった。

「どうした?」

沢田の舎弟が何か報告に来たらしい。しかし、沢田は行為を中断しようとはせず、湯月を前後に揺らしながら会話を続けた。

(なん……だ……?)

よく聞こえず、湯月は部屋に入ってきた舎弟のほうへ目をやった。揺すられているため、焦点が定まらない。

「そいつの中から、出ていってくれませんかね」

若い衆を押し退けて入ってきたのは、斑目だった。


「斑目か。今、取り込み中でな……」

腰を動かし続ける沢田の下で、湯月は斑目の姿を目に映した。なぜ斑目がここにいるのか理解できず、ただぼんやりと目を開けたまま身を横たえているしかない。

「う……っ、……っく」

よりによってこんなシーンを見られるなんてと、自分の置かれた状況を呪うが、それを覆す力はなかった。ゆさゆさと、物のように揺らされるだけだ。

（くそ……）

どうすることもできず、斑目に見られながら沢田の欲望に晒される。

「お前を、裏切った男だ。捜していたそうだな。俺が、見つけてやったぞ」

「頼んだ覚えはないですが、いつからそんなに親切になったんです？　あなたほどの立場の人が直々に動くなんて」

沢田の動きが止まった。そして、身を起こしてゆっくりと斑目を振り返る。見ずとも、沢田がどんな顔をしているかくらい、想像できた。

「ふん、文句があるのか？」

「ないと言えば、嘘になりますかね……」

「裏切り者だぞ。お前が上から言われていた仕事を邪魔した張本人だ。これは『若田組』だけの問題じゃない。下手すれば『誠心会』のメンツにも関わることだ。違うか？」

斑目は、否定しなかった。そうする代わりに放ったのは、獣が低く唸るような声だ。

「そいつの中から、出ていってくれと頼んでるんですが」

とても頼みとは思えない脅すような口調に、それまで余裕を見せていた沢田がピリリとした空気を放った。

斑目が本気で自分に牙を剝こうとしていると、感じたのだろう。

「お前の頼みなら、とりあえず聞いてやるべきかな。続きは後だ、湯月」

「……ぅ……っく」

熱の塊が出ていく感覚に、眉をひそめる。

沢田は、悠々とした態度で勃起した自分の股間を拭ってバスローブを整えた。沢田がドアの近くに立っている若い衆に目配せすると、ほどなくして他の若い衆がぞろぞろと入ってくる。

「斑目。一人で乗り込んできて、どうするつもりだ？　それが、お前の捜していた裏切り者を捕まえてやった俺への態度か？」

「自分のケツくらい自分で拭きますよ」

「お前がもたもたしてるから、俺が捕まえてやっただけだ。このままそちらの組長さんに引き渡すこともできる」

湯月は髪を鷲摑みにされ、斑目に差し出すように前に突き出された。

「ぅ……っく！」

「こいつは、俺を刺したぞ。ペーパーナイフだったが。なぁ、湯月」

「案外凶暴な男ですから。扱いを間違うと、手酷く嚙みつかれますよ」

「愛人の躾もできないと認めるのか。情が湧いて始末できないのなら、俺が代わりに始末してやる」

髪をさらに強く摑まれ、ベッドから引きずり下ろされる。湯月がまだ自分の手にあると、誇示したいのだろう。髪が引きちぎられそうで、苦痛に顔をしかめた。そんな湯月に沢田はサディスティックな目を向けてくる。

「う……っ、……っく」

「斑目よ。こいつを捨てれば済むことだ。なぜ、そうしない？」

沢田の言う通りだ。

湯月を裏切り者として見捨てれば、なんの問題もない。斑目は野心家だ。これまで出世することだけを考えてきたのは、その行動からもよくわかる。だからこそ、今があると言ってもいい。

沢田が湯月の身柄を『若田組』へと渡せば、自分のことなど捨てる——それが、ここまでのし上がってきた、斑目克幸の姿だ。

「まだ、捨ててません」

捨てていない。

どういうことだと、湯月は自分の耳を疑った。

「なるほどな。やはり、湯月がお前の弱点か？」

「俺に弱点なんてありませんよ」

「だが、こいつのためにお前は微妙な立場にあるんだぞ。湯月のお前への裏切りは、組への裏切りだ。その湯月を庇うということは、お前が組を裏切っているのと同じだ」

舎弟の一人が斑目に近づいて、銃口を向けた。

「お前は、自分の状況がわかってないようだ。お前も裏切り者なら、二人とも始末するしかない」

沢田の言葉に反応するように、銃を構えた男が「ひっひっひっひ」と、嫌な笑い声をあげた。普通に考えればこんなことをしていい相手ではないが、今は違う。

「おい、お前。それなりの覚悟をして、そいつを俺に向けてるのか?」

斑目のスーツの裾《すそ》がわずかに翻った。次の瞬間、斑目は躰を反転させながら男の手を摑んでねじるように手首を内側に折る。

銃声。

「ぐぁ……っ!」

膝を押さえながら、男が床を転がる。膝から血が噴き出していた。

「ひ……っ、――ぅぁあぁあああ……っ、……ぅう……っく」

苦悶する声が、部屋を満たす。

「てめぇ!」

他の舎弟たちが気色ばんで飛びかかろうとするが、斑目は男たちに向かって立て続けに引き金を引いた。三発。膝。

男たちの呻き声で、部屋が満たされた。

気がつけば、三人の男が膝を押さえ、呻き声を上げながら床にうずくまっている。舎弟たちが身構える中、沢田だけが落ち着いて斑目を見ていた。

銃口が、沢田を睨《にら》んでいた。

「こんなことをして、タダで済むと思ってるのか？　場合によっては、絶縁だぞ」

「この銃は、俺が用意したもんじゃありませんよ。穏便に話をしに来たもんに対して銃口を向けるのは、いくらあなたでも礼儀に欠けるんじゃあないですか」

斑目の声から、本気だとわかった。本気で、この沢田とやり合う覚悟でいる。

「極道の世界で絶縁がどういう意味を持つか、知っているんだろうな」

「わかってるつもりですがね。そのくらいの覚悟なしに来たとでも思ってるんですか？」

「だから舎弟たちを置いて、一人で来たってわけか」

互いの本気がどこまでなのか測るように、二人は対峙した。

「お前にしては、無謀なことをするもんだ」

その言葉に、斑目は不敵な笑みを漏らした。

「うちのシマを荒らしてる組織に、手を貸した奴がいるという情報があります」

沢田の表情に、何か殺気立ったものが浮かぶ。

それは、斑目の切り札だった。

沢田の関与が証明できるとすれば、この状況は覆すことができる。だが、本当にできるのか——湯月は、息を殺して二人のやりとりを見ていた。そうせずにはいられなかった。

沢田の舎弟たちも同じらしく、誰も動こうとはしない。

「ほう、それは初耳だ」

「これから先の話をしたほうがいいですか。自分はそれでも構わないですがね」

凄みのある言い方に、沢田が険しい顔で軽く左目を細めた。

さすがにこの男も、慎重にならざるを得ないようだ。本気でやり合うかどうか、ここで決めなければならない。今は、ヤクザのシノギも厳しくなっている。戦争なんてしたくないはずだ。ましてや、同じ系列の二次団体同士だ。

払った犠牲を回収できないなら、やる価値はない。

しかも、これが沢田の所属する『堂本組』組長の意志に反しているのなら、この男も無傷では済まないだろう。そうしなければならない状況に陥った責任を問われる。

「斑目。勘違いするなよ。コケにされて、俺がおとなしく引き下がると思ってるのか」

それは、沢田も斑目と同じ武闘派の一面を持っていることを意味していた。どちらかが息の根を止めるまで、やり合う。その覚悟が、沢田にもある。

「素人が同胞を逃がすために組織したにしては、やけに金回りがよかった。だからあそこまで、我々のシマを荒らすことができたと言ってもいい。なぜだと思いますか」

「……斑目、貴様」

「現ナマでのやりとりは、金の流れを摑むのが難しい。でも、受け取るほうが身の安全のために保険をかけたいと考えたら、証拠を残すのが一番です。したたかなもんですよ。資金援助してくれた相手に尻尾を振りながら、一方で強請《ゆす》るネタは確保しておく」

　そこまで言い、一呼吸置くと、相手の胸に刻みつけるように続けた。

「これ以上言うと、こちらも引けなくなります」

　沢田の表情に浮かんでいた殺気が、覚悟に変わる。まさに、手負いの虎だ。額には汗が滲んでいる。

　やり合うしかない——勇み立つ気持ちが、湯月にも伝わってくる。

　身内同士での戦争が始まるのか。誰もがそう思っただろう。

「ですが……」意表を突くような言葉が、斑目の口から飛び出した。何を言い出すのかと、息を吞む。

「こちらも争いは不本意です。湯月の躾が行き届かなかったのは、自分の責任ですから。連れ帰って一から仕込みますんで、それで勘弁してくれませんか」

　斑目が、銃を下ろした。勝負を降りたのだ。

　なぜ……、と湯月は信じ難い思いで斑目を見上げる。

あそこまで追いつめておいて、なぜ引くのか。

弱みを見せれば、とことんつけ込んでくるはずだ。ここまでしておいて、引き下がるなんて斑目らしくない。

「ふん、そういうことか。よほど湯月を手放したくないらしいな」

沢田は、嗤った。

そんなはずはないと頭の中で否定するが、斑目はさらに信じられないことを口にする。

「実は、手土産《てみやげ》を持ってきました」

これ以上やり合うつもりはないと証明するように、銃を床に置き、スーツの内ポケットから縦長に折り曲げた書類とフラッシュメモリを取り出した。それをウィスキーが置いてあるテーブルの上に置く。

「それはなんだ？」

「金のなる木です。自分の手には余りますので、このシノギはあずかってもらえませんかね。あとは、お好きにしていただいて構いません」

書類の表紙には、ある企業の名前が記されていた。ホテル備品の卸業者でいわゆる休眠会社だ。業務の実績があるように見せかけるなど、数年かけて仕込んだシノギ——取り込み詐欺の一つだ。おそらく、あとは倒産させるだけだ。億単位の金が転がり込んでくる。

「これがギリギリです。ここで引かないようなら、さっきの話の続きをすることになります」

殺気。

もう一度それを見せたのは、ここで勝負を降りたほうが賢明だとわからせるためだ。沢田のメンツを保ちながらも、自分の望むところに落としどころを持っていく。

斑目の本性が、垣間《かいま》見《み》えた瞬間だった。

そして、それを決定づけるかのように、沢田の舎弟が再び入ってきて、耳打ちする。

「斑目。お前のとこの若い衆が来てるそうだぞ」

一瞬、斑目の表情が変わった。意図せぬ動きなのだろう。足音がして、ドアが開く。

「失礼します」

入ってきたのは、指原と他数名だった。慇懃な態度で頭を下げる。

「どうした？　待っていろと言っただろう」

「申し訳ありません。お戻りが遅いので、何かあったのではと……。今日は会食の予定があるので、そろそろ準備していただかないと。下に他の連中も待たせてあります」

ただの迎えであるはずがないが、それを隠しもせず堂々と言い切ることで、むしろ本当であるかのように振る舞っている。度胸と覚悟がないと、できないことだ。

「そうか。ここに来た全員、覚悟があるということか」言いながら沢田は斑目を睨み、ゆっくりと瞬《まばた》きをして指原たちを見た。

どちらを取るのが、より自分の利益に繋がるのか測っているのだろう。

自分も大きな打撃を受けることを覚悟で、ここで斑目とやり合うのか。

それとも自分を滅ぼし兼ねない証拠を握り潰してもらう代わりに湯月を渡し、手打ちとするのか。後者は、億単位の金というおまけつきだ。

「ふん、いいだろう。お互い今度の件については、不問ということにしようじゃないか。今回は、これで勘弁してやる」

緊迫した空気が、一瞬にして緩んだ。

だが、湯月は理解できなかった。

なぜ、切り札を捨てたのか。湯月を捨てさえすれば、わざわざ手のうちを明かす必要もなかった。ここに乗り込まずに沢田の裏切りの証拠を公にすれば、沢田を追い込むことができたのに、なぜそうしなかったのか――。

ただただ答えの出ない疑問を繰り返すだけだ。

「湯月。帰るぞ」

斑目に起こされ、衣服を着せられて立ち上がる。ふらつくと、斑目の舎弟に両側から支えられた。生きてここから出られるのかと、夢でも見ているような気分で歩き出す。

「斑目」

沢田に呼び止められ、斑目は足を止めた。湯月も振り返る。

「今回だけだ。次はないと思え」

「心しておきます」

表面上はあくまでも穏便に話し合いで解決したという形を取っているが、ギリギリの駆け引きだった。沢田が数人のケガ人を抱えることになった落とし前をつけさせずに、この話を終わらせたのは、奇跡だった。何か一つ違えば、別の事態を引き寄せていた可能性も大きい。

建物の外に出て外の空気に晒されると、湯月はそのことを痛感した。


車の中は、快適な温度に保たれていた。後部座席に座り、ヘッドレストに頭をあずける。薬が完全に抜けていないため躰はだるく、黙って座っていることしかできなかった。斑目に聞きたいことは山ほどあるのに、しゃべることすら億劫だ。

「指原」

「はい」

斑目が乗り込んできてドアが閉められると、運転席に指原が躰を滑り込ませる。

「どうして来た？　来るなと言っただろう」

「心中する覚悟でついてきました。全員同じ思いです。勝手してすみません。ですが、二度と自分らを置いていこうとしないでください」

立場は下だが、指原の言葉には『ノー』とは言わせない気負いが感じられた。命令に背くことがどういうことなのか十分わかった上で、自分たちの意志を貫いた。

斑目もその気持ちはわかったのだろう。軽く、少し嬉しそうに笑った。

「物好きな奴らだ。車を出せ」

三人を乗せた車が、ゆっくりと発進する。窓の外を見ると、何台もの車があった。舎弟たちの車だ。

ここに来た全員、覚悟を背負ってきたのだと思うと、改めて斑目の求心力に感心する。

それだけ、魅かれるものがあるのだろう。湯月も、同じだ。初めて会った夜、斑目の闇に引き寄せられるように、一ヶ月という無理な条件のもとカクテルのレシピを頭に叩き込み、テクニックを学んだ。斑目にカクテルを提供する時は、今も説明のつかない高揚がある。

もしかしたら、舎弟たちも同じかもしれない。

斑目に尽くすことにより、味わえる昂ぶり。

同じものを共有していると言えば、おそらく全員が顔をしかめるだろうが、彼らの気持ちはわかる。それがどんなに危険で、近づくべきではないとわかっていても、そうしてしまわずにはいられないものを斑目は持っている。そして、ひとたびそうすると、さらなる深みに嵌まる。手酷い火傷《やけど》を負うとわかっていても、手を伸ばしたくなる。

例えば子供の頃、走る自転車のハンドルから手を離したくなるような気持ちといったらいいだろうか。転ぶだろうとわかっていながら、ついやってしまい、そして当然の結果になり馬鹿だったと反省する。だが、その衝動はなぜか消えることはない。

なぜだろうと考えても、答えはわからなかった。

そして、残るもう一つの疑問。

湯月は、少し迷ってから、それを口にした。

「あなたは、どうして、俺を助けに来たんですか？　せっかく、沢田を追いつめるチャンスだったのに……」

どうして切り札を捨ててまで、自分を取り戻したのか。あれは、斑目の出世をよく思わない沢田を追いつめることのできるものだった。価値のある材料だった。

「気にしてるのか」

「いえ。俺が、頼んだことじゃあ、ないですから。でも……」

そこまで言って、これを言ったら殺されるだろうかとぼんやり考え、続ける。

「俺があなたをお兄さんに売った理由、聞かないんですか？」

「聞いて欲しいのか？」

そうだ。おそらく、聞いて欲しいのだ。

斑目がいつまでも聞かないのに我慢ができなくなり、湯月は自分からその真相を明かした。

「貰ったんですよ、フィギュア」

「なんのだ?」

「アルマジロ獣人」

言って、ひょうきんな顔をした怪獣のことを思い出す。正義の味方たちを始末するよう命令され、失敗したために悪の親玉に殺されそうになった獣人。だが、殺そうとしていた正義の味方に救われ、彼らの仲間になり、いい怪獣となった。

「あのへんてこな怪獣か」

「未開封だったから。めずらしいんですよ。打ち切りになった番組で、当時人気がなかっただけに関連商品が出回ってなくて……」

コケにしてやったつもりだった。

フィギュアなんかで売られたと知ったら斑目はどんな反応をするだろうと、少しばかり期待しながらその反応を窺う。切り札を捨ててまで自分を助けたのに、あんなもので売られたと知ったら、どんな顔をするだろうと……。

だが、斑目を見てもその表情には何も浮かんでいなかった。怒らせるどころか、笑わせることすらできなかった。

(馬鹿馬鹿しい……)

結局、自分の独り相撲《ずもう》なのかと思い、これ以上自分だけがじたばたするのはやめようと思った。斑目の感情を揺さぶることなどできないと痛感し、諦める。

躰が限界だった。くたくたで、思考がまともに働いていなかった。

これ以上、会話を続ける気力も体力も残っていない。

車がカーブに差しかかり、斑目のほうに躰が傾いた。一度あずけてしまうと、躰を起こす気にはなれず、寄りかかったままぼんやりと自分の膝辺りに視線を漂わせる。

「眠っていろ」

「……嫌です。どこに、連れていかれるか……わかりませんから」

「俺のマンションに決まってるだろう」

「アパートに、戻りたいです。……自分のアパートに」

「あんなところまで送れってのか？」

「別に……送ってくれなくても……いいですよ。自分で……帰りますから」

もう無理だ。目を開けていられない。

瞼がどんどん重くなってきて、疲労が運んでくる睡魔に包まれる。

「指原。こいつをアパートまで送ってやれ」

意識を手放す寸前、斑目が指原にそう命令するのを聞いた気がした。

5

潮の香りのする町に、秋の気配が近づいてきた。日が落ちるのが早くなり、汗ばむような日も、少しずつ少なくなっている。

沢田に拉致された日から、二週間が過ぎた。

湯月は、再び『海鳴り』のカウンターに立っていた。自分がまだここで働いていることが現実とは思えないが、それでも淡々と日々は過ぎていく。

斑目の車の中で眠ってしまった湯月が次に目を覚ました時、辺りは明るくて、朝なのか昼なのかすぐにわからなかった。寝かされていたのは斑目のマンションのベッドではなく、自分の安アパートの布団の上で、ママからの電話で起きた湯月は、前日の無断欠勤を叱られ、慌ててシャワーを浴びて出勤した。

店を辞めて再び斑目から逃げるつもりだったが、なぜかママの顔を見ると言い出せなくなり、そのまま店で働いている。舎弟を見張りにつけるでもなく、放り出されたような形になっていたのも、そう思う要因の一つだろう。

何事もなかったかのように過ぎる日常に、まるで狐につままれたような気分で、今も店で仕事をしている。沢田に拉致されたことは、夢だったんじゃないかとすら思い始めていた。

「いらっしゃいませ」

ママの声に、湯月はグラスを拭く手を止めた。

入ってきたのは、斑目だった。紙袋を手に持っている。

もう来ないと思い始めていた矢先だっただけに、どういう顔をしていいかわからず、いらっしゃいませと声をかけることもせずに再び手を動かし始めた。

けれども、斑目がカウンターに近寄ってくるのは、視界の隅に映っていた。目に入れないようにしようとしても、圧倒的存在感は湯月にその訪問を嫌というほど知らしめる。

「マティニィ」

紙袋をカウンターに置き、短くそう一言。

袋を置いた時に聞こえたゴト、という重い音に、中身がなんなのか想像してしまっていた。拳銃かもしれない。

まさか今度こそ殺しに来たのかと思うが、たとえそうでも今はどうしようもないと注文に無言で頷き、湯月はミキシング・グラスに手を伸ばした。何度も繰り返してきた手順で、カクテルを作る。ドライ・ジンとドライ・ベルモット。ステアする。

斑目の視線が、手元に注がれているのがわかった。

やはり、高揚を覚える。

マティニィが完成するとグラスに注ぎ、コースターとともに置いた。斑目の手がグラスに伸びるのを、湯月は黙って見ていた。なぜか、手から目が離せない。

そして、グラスにつけられた唇を、つい凝視してしまう。

「大事なものを見つけろと、幸司に言われた」

「！」

斑目の姿に魅入っていた湯月は、我に返った。

腹違いの兄と殴り合った時のことを思い出しているのか、斑目はまだ微かに残る唇の傷に指先で触れた。拳を交えながら、いったい何を話したのか――。

「見つかったんですか？」

「さぁな。あいつの言うことは、理解できない」

なぜ、斑目がそんな話をするのか、わからなかった。

大事なものを見つけろと言われてそうしたいのなら、そうすればいい。わざわざここに来て言うことかと聞きたくなるが、聞いてもまともな返事を貰えそうになく、黙っていることにする。

「戻ってこい、湯月」

何度も言われた言葉を聞かされ、いつになったら諦めるのかと思いながら、きっぱりとした口調で言った。

「嫌です」

「助けてやっただろう」

「頼んでません」

「……突っ込まれやがって」

苛ついた口調に、湯月は小さな驚きを覚えた。

沢田にやられたことを、こんなふうに忌々しく口にするとは思っていなかった。

西尾に手を出した時は一緒に愉しんだというのに、尻を貸すのは駄目なのか。何が駄目なのか。自分の許可がなかったからか。それなら、許可さえ得たら何をしてもいいのか。

考えるが、わからない。

「給料は今までの二倍にしてやる」

「結構です」

「じゃあ三倍」

「札束で顔を叩くような真似をしても無駄ですよ」

「いくら出せばいいんだ?」

「いくらって……」

「いいから言え」

「二億くらいですかね」

「馬鹿言うな。月に二億の価値が自分にあると思ってるのか？　俺でも無理だ」

「本気にしないでください。あなたが月に二億出せないのと同じくらい、俺も戻るのは無理ってことです」

「無理なわけがないだろう。俺は物理的に用意できないが、お前は気持ち一つでどうにでもなる」

「だから無理なんです。気持ちが動かないってことです」

「いくらなら気持ちが動くんだ？」

何を言っても通じない。まるで違う国の人間と話をしているようだ。いや、同じ人間とすら思えない。宇宙人だ。

二人のやりとりを聞いていたママが、クスリと笑った。斑目の視線がママに向く。

「すみません。つい……、聞こえてしまったものですから」

ママは、斑目の前にミックスナッツの載った皿を出した。着物の袖に軽く左手を添える仕種には、色気がある。

「口説き方をご存じないんですのね。お金を積んでも、人の心は動きませんわ」

そう言って軽く会釈し、別の客のテーブルに向かった。その姿を目で追うと、こっちを見ろとばかりにまた注文される。

「同じのだ」

無言で空いたグラスを引き取り、二杯目を作った。

「湯月。俺をあのへんてこな怪獣のフィギュアで売ったと言ったな」

「はい」

カウンターの上の紙袋を開けろと目配せされ、二杯目のグラスを置いた代わりにそれを手に取る。中から出てきたのは、アルマジロ獣人のフィギュアだ。

どういうことだ……、と斑目を見ると、視線が合う。

「それでどうだ？」

「金で言うことを聞かないからって、今度は物ですか」

「幸司が持ってきたのよりレアだぞ。生産数が一番少ないやつだ」

まさかこんなものすら張り合うのかと、呆れずにはいられなかった。兄弟喧嘩に決着はついたはずだが、まだ張り合う気持ちが残っているのか。

血の繋がりとは、面白いものだと思う。

「でも、外箱がありません」

「外箱くらいいいんだ」

「未開封とそうでないのじゃあ、違うんですよ」

「レアものだぞ」

「だから、箱がないのはレアじゃないんですよ」

「くそ、あいつ嘘をつきやがったな」表情は変えずに、そう吐き出す。

「いくら出したんですか、これに」

「お前には関係ない」

「確かにそうですね」

「次はシェイクしてくれ」

空になったグラスを前にスッと出された。

以前、斑目が店でシェイカーを振った時のと同じカクテルだ。シェイカーに材料と氷を入れ、シェイクする。

三杯目を出したところでママが戻ってきて、ボックス席の女性客にカンパリ・オレンジを出すよう言われた。氷を組み入れたタンブラーにカンパリを注いでから、オレンジジュースで満たしてステアする。

それが終わると、また斑目からドライ・マティニィの注文が入る。同じのを提供し、いつまでこの会話を続けなければならないのかと思いながら、黙って従った。

四杯、五杯とグラスを重ね、六杯目からは、ウィスキーに変わる。

「湯月。お前は、なぜこの怪獣が好きなんだ?」

「覚えてません。前にも言ったはずですが」

「俺は知ってるぞ」

グラスを拭く手を止めた。視線を上げると、斑目の深い色をした瞳に捕らえられる。なぜか、躰が動かなかった。

「俺は知ってるぞ、湯月。教えてやろうか?」

何を言い出すのだろうと思った。

本人が知らない理由を、斑目が知っているはずがない。そもそも理由なんてないのだ。なんとなく心が魅かれるだけだ。それなのに、なぜ斑目が勿体ぶった言い方でその理由などを語ろうとするのか。何かの罠なのか。

そう思うが、その表情は適当なことを言っているようには見えなかった。そもそも、すぐバレる嘘をついて興味を引こうとするような、そんな小さな男ではない。

本当に知っているのかと、疑心暗鬼になりながらも誘惑に負けて聞いてしまう。

「どうしてです?」

「お前の親父さんが入ってたからだよ」

「え……」

意味がすぐに理解できなかった。

父親が入っていた——つまり、着ぐるみの中にいたということか。予想だにしていなかったことだけに、ワンテンポ遅れてやっと理解する。

「お前の親父さんは、売れない役者だったんだろう?」

そうだ。死んだ父親は売れない役者だった。ちょい役ばかりで、顔なんてまともに映っていない。写真でしか見たことがなかった。

「アルマジロ獣人の中に入って、撮影に参加してたんだよ」

「適当に、言ってませんか？」

自分の声が、微かに震えているのに気づいた。動揺を表に出さないよう平常心を保とうとするが、今まで知らなかった父親のことについて聞かされているのだ。そう簡単なことではない。

「お前がガキの頃に、唯一親父さんに買ってもらったおもちゃなんだろう？　だから、好きなんじゃないのか？　忘れてるようでも、記憶の中には残ってる」

本当にそうなのだろうか——考えてもわからないことを、自分に問いかける。

「かなり貧乏な暮らしだったそうだな。だが、自分が入ってたから、お前に贈ったんじゃないのか？　もしかしたら仕事の関係者から貰ったのかもしれないが、それでも他の役よりはずっと表に出てた。顔は出なくても、重要な役割だったんだろ？」

「そんなデタラメ……」

「お前の親父さんが入ってたって証拠もある」

言って、今度はスーツの内ポケットから二つ折りにしたノートのようなものを取り出してカウンターに放った。

それは、古びた台本だった。紙は日に焼けて変色しており、隅のほうはちぎれたり破れたりしている。見ていいぞ、と目で促され、誘惑に抗えずに手に取った。表紙をめくった中に、配役が載っている。そこに、父親の芸名が書かれてあった。

アルマジロ獣人——日高一正《ひだかかずまさ》。

あまりに無名で、ネットで検索しても画像など出てこない。同姓同名の一般人のSNSが出てくるだけだ。だが、間違いなくその名前は父親が芸名として使っていた名だ。

「制作サイドの意向で中に誰が入ってるのか、公にしなかったらしいからな。お前の親戚すら知らなかったんだろう」

「誰に……」

「調べた。台本は当時のスタッフに譲らせたもんだ。こっちも貴重なものらしいな。なかなか手放さなかったぞ。金を積んだら態度がころっと変わったがな。お前のためにここまでしたんだ。いい加減戻ってこい」

「さ、捜したのは舎弟でしょ。自分の足で捜したならまだしも」

「贅沢を言うな。言っとくが、人形は俺が直々に手に入れに行ったんだぞ」

「どうして、ここまでするんです？」

「いいから戻ってこい」

質問に命令で返すところが、斑目らしい。戻るまで、この命令をやめはしないだろう。

湯月は、斑目が最初にこの店に来た時、湯月の居場所を釜男に聞いたと言っていたのを思い出した。釜男宛てのハガキを持っていた。プライベートについて知っていたのは、万が一の時のための保険だと思っていた。

もしかしたら、そうじゃないのか。

もしかしたら、それだけではないのか。

もしかしたら、それなりに大事にしてくれているのか。

ふいに湧き上がった疑問に、驚かずにはいられなかった。そんなふうに自惚れるなんて、どうかしている。けれども、それ以外に理由が思いつかなかった。

アルマジロ獣人のフィギュアを捜すなんて、斑目のやることではない。舎弟を使ったとはいえ、湯月がなぜこのフィギュアを好きなのかも調べた。そして、その理由になる事実を見つけてきた。

覚えていないが、本当にそうなのかもしれない。父親から貰った唯一のおもちゃだというのは確かだ。その中に入って撮影していたのなら、思い入れもあるだろう。

悪の親玉の命令を遂行できず、失敗して殺されそうになり、ヒーローたちに助けられて味方になった愛嬌のある獣人。そんな運命を辿った憎めないキャラクターについて、どう息子に話したのか、なんとなく想像できる。

（父さん……）

湯月は、思い出もほとんどない父親を思った。

今までその存在との繋がりを強く感じたことはなかったが、今は違う。顔もよく覚えていないが、死んだ後も大きな影響を与えていた。単にこの怪獣が好きだという、どうでもいいことのようだが、それでも父親の影響だ。

ずっと自分の側にいて見守ってくれていたとすら思えてきて、胸の奥にジンと熱いものが込み上げてくる。

「あなたが、調べてくれたんですね」

「ああ。まだ足りないなら、お前の欲しい雑居ビルをやる」

「え……？」

「キロネックスとかいうオカマに聞いた。お前が十五の時に入り浸ってたバーがあったビルなんだろう。あそこを買った」

「今、なんて……」

「だから、買ったんだよ」

信じられない。スケールが大きすぎて、にわかに信じられない。

「それで満足できないなら、お前の友達のオカマを転院させてやる」

「あのですね……」

「奴を助けたくないのか？」

「それは……」

「金が生死を分けることもあるぞ。ツテと金を使えばなんだってできる。ＶＩＰ御用達の病院で、トップレベルの腕の医者をつけてやると言ってるんだ」

次々と提示される条件に、心底呆れる。

「普通に考えたら、あんな死にかけのオカマが手術してもらえるような相手じゃない医者に頼めるんだぞ。いいと思わないか」

呆れるほど酷い言いようだ。だが、斑目が思いやりのある言葉を口にしても、嘘臭くてむしろ白けてしまう。フィギュアの時点でやめていれば人として少しは見直すことができただろうが、今さらそんなものを斑目に求めるのもおかしな話だ。

湯月は、斑目がとんでもない悪党だったことを今さらのように思い知った。


「湯月君。わたしはもう帰るけど、あとはお願いね」

ママの声に、湯月は片づけの手を止めて顔を上げた。

斑目が店に来てから、五時間が過ぎていた。営業時間は過ぎており、斑目以外、客は一人もいない。

「彼、このまま置いて帰らないでね」

「今、店から叩き出しますので」

「それは無理じゃない？　酔い潰れてるわ」

ママは優しい目をし、思い出したようにクスクスと笑った。頬が熱くなったのは、口許に添えられたママの白魚のような手が美しかったからなのか、それとも迷惑な客に困り果てた自分を見られて恥ずかしかったからなのか——。

斑目は、カウンターに突っ伏して寝ている。迷惑極まりない。

「ずっと口説かれてたわね。よほどあなたの腕に惚れ込んでるのね」

「負けず嫌いなだけですよ。金を積んでも俺が頷かないのが、面白くないだけです」

「あら、そうかしら。そうとは思えないほど、熱心だったわ」

ママが自分たちの関係に気づいているのかはわからないが、なんとも言えない色香を漂わせる年上のママの横顔を見ていると、なぜかバレていない可能性を信じることはできなかった。

「でも、すごく下手な口説き方。あんなの初めてよ」

その時の様子を思い出したように笑い、さらに続ける。

「口説き方を知らない不器用な男性が、一生懸命試行錯誤を繰り返して求愛しているようにしか見えなかったわ」

「やめてください」

何もかも見透かしたような大人の女性は、湯月の言葉に目を細めて笑った。色気のある女性だ。ますます照れ臭くなり、頬の熱は耳にまで伝染する。

ヤクザの情夫がついていることを恥じるほど、初心《うぶ》じゃないはずだ。釜男にも、教えていた。それなのに、ママが知っていて気づかないふりをしているだけのような気がして、妙に恥ずかしかった。

男としての見栄なのだろうか。

「置いて帰らないでね。迷惑だから」

「あの……」

「その人、ちゃんと自分のアパートに連れ帰りなさい。それから、あなたはクビ」

笑顔で言われ、虚を突かれたようになる。

クビ。

無邪気な少女のような言い方で宣告され、聞き返すこともできなかった。

「小さい町だもの。もし怖い職業の人が毎日来るようになったら、常連さんが逃げていくわ」

いつもは優しいママだが、今回ばかりは違った。長年夜の街で商売をする女の勘で、ヤクザだとわかったのだろうか。面倒な客を引き寄せたことを本当は怒っているのかと思ったが、そうではなさそうだ。

ふらりと町にやってきた青年を拾ってくれた懐の深さを思うと、別の理由がありそうだ。

「あの……クビだけは勘弁してくれませんか。迷惑をかけたのは謝ります。無断欠勤も二度としませんから」

「駄目よ」

「この人が二度と来ないようにもします」

「駄目。あなたはクビ」

うふふ、と楽しそうに言われ、さすがに喰い下がるのを諦める。

「帰るべきところに、お帰りなさい」

帰るべきところ——斑目のところだと言うのか。

本当にそうだろうかと思いながら、カウンターで寝ている男に目を向ける。

斑目は、相変わらず同じ格好で微動だにしなかった。今夜飲ませた程度の量で酔い潰れるとは思えなかったが、体調によっても酔いの回りは違う。疲れているのだろう。

あの事件の後、今回のことについて上の人間からいろいろと事情を聞かれたはずだ。殺しに来たわけではないことから、今回の件はカタがついて湯月の責任も不問にすることで終わったとわかる。それは、湯月をあそこから救い出すために、切り札を捨てたことからも間違いないだろう。それだけの犠牲を払って、斑目はこの件を闇に葬った。

なぜそうしたのか、いまだに解決しない疑問が浮かぶが、もう考えるのも面倒だ。

「あなたの帰る場所は、ちゃんとあるでしょう」

そっと肩に触れられ、これ以上は何を言っても無駄だと観念した。

（参ったな……）

ママが帰ると、湯月はカウンターで眠る斑目を見て溜め息をついた。斑目の酔い潰れたところを見てみたいと思ったことはあったが、こんな状況になるなんて、自分の不運を呪いたくなる。

「起きてください。ねぇ、起きてください」

「うん……」

「指原さんでも呼びましょうか？」

何度揺すっても目を覚まさない斑目に辟易《へきえき》し、斑目の携帯をスーツの内ポケットから抜き取り、履歴の中から指原の名を捜した。しかし、電話には出ない。しかも、他の誰にかけても出ないのだ。

舎弟たちは店の近くに待たせていると思っていたが、それも怪しくなってきた。

「本当にこれを連れて帰るのか」

恨めしく呟き、仕方なくアパートに連れ帰ることにする。

タクシーを呼び、運転手の手を借りて斑目を車に乗せ、降りる時も手伝ってもらった。何度道端に放り捨てようという誘惑に負けそうになったことか。そうしなかったのは、ますます状況が悪化しそうだからだ。

「起きてください」

アパートのドアを開けると、斑目をなんとか部屋に上げて奥へ進む。

「うわ……っ」

蹴躓き、斑目とともに転んだ。

「くそ……」

どうして自分がこの男の世話をしなければならないのか——溜め息混じりに立ち上がろうとするが、それを阻まれる。

「甘いな、湯月」

「……っ」

斑目は、目を覚ましていた。いや、覚ましたのではなく、最初から酔い潰れてなどいなかったらしい。泥酔どころか、意識がはっきりしているのがその表情からわかる。咄嗟に離れようとしたが、そうするには遅すぎた。

「……っく」

のしかかられ、上から見下ろされる。何度も抱かれた躰は、この危険な状況に反応していた。そして、心も……。

流されるものかと思いながら、斑目を睨みつける。

「酔い潰れたんじゃないんですか？」

「お前が素直に部屋に入れてくれそうになかったからな」

勝ち誇ったような顔を見て、ムッとした。

やはり、この男が破滅するところが見てみたいと思った。ひれ伏し、跪く姿が見たい。自分の思惑を外れて物事が進行していく悔しさに、奥歯を噛み締めるところが見たい。敗北にうちひしがれるその姿が見たい。

その衝動とともに、ぞくぞくとしたものも覚えずにはいられなかった。

「ここでやるつもりですか？　壁、薄いですよ」

「俺がそんなことを気にすると思ってるのか？」

いや、思わない。むしろ、喜んで行為を始めそうだ。

「あんなに飲んでたくせに、よくやる気になれますね」

「飲んでいようが、勃《た》つもんは勃つ」

押しつけられ、それが嘘でも見栄でもないと痛感する。硬さを思い出すと、心と躰が反応する。

（俺は、パブロフの犬か……）

逃げようと思っていたのに、斑目を見上げていると別の感情が浮かんでくる。

「戻ってこい。クビになったんだろう」

「そこも聞いていたんですか？」

「ああ。全部聞いていたぞ。あの女、言いたい放題だったな」

年上の女性をあの女呼ばわりする斑目に呆れるが、斑目らしい。

「俺は、裏切り者ですよ。あなたと心中する覚悟をした人たちが、許さないんじゃないですか？　俺のせいで、随分と損失が出たみたいだし。お兄さんにも負けたみたいだし」

最後のは、煽るつもりで口にした。効果があったのか、斑目は湯月の瞳をじっと見つめてから、鼻で嗤った。

「何が『大事なものを見つけろ』だ。幸司の奴め……」

くだらないとばかりに言い放ちながらも、その言葉が斑目の心に引っかかっているのはわかった。まるで魔法のように、斑目を縛り続けている。

「お前のせいで、俺は負けっぱなしだ」

ゾクッとした。

斑目が負けたのは、自分のせいだ。自分が斑目からあずかっていたシノギに関する証拠を渡したせいで、腹違いの兄に敗北した。奪った医師を奪い返された。中国人も手放し、上から言い渡された仕事も半分は失敗に終わっている。

そして、自分を沢田から取り戻すために、沢田を追いつめることのできる材料を捨てた。負ける必要のなかった場面で、敢えて勝負を降り、頭まで下げた。斑目にはかなり不利な条件で、手打ちにした。

ああ、これだ……、と湯月は改めて自分の奥に眠るものを自覚した。そして、希《まれ》に見る早さで出世してきた斑目が口にした言葉を、反芻する。

負けっぱなしだ。

そんなふうに吐き捨てる斑目は、魅力的だった。昂ぶってしまう。奥がたぎる。

「俺はずっと勝ち続けてきたんだぞ」

そうだ。斑目は、ずっと勝ち続けてきた。だから、ここまで出世した。こうして負けが込んだのは、おそらく今回が初めてだろう。

「俺のせいですかね」

「ああ」

「でも、負けっぱなしのほうが、魅力的ですよ」

「なんだと?」

「つまらないじゃないですか。勝ち続けてる男なんて……」

「俺をつまらないと言ったのは、お前が初めてだ」

「あなたをつまらないとは、言ってないですよ。勝ち続けるだけの男が、つまらないってだけで」

釜男の気持ちが、今ならよくわかる。

斑目がどんな男か聞かれて『とんでもない悪党』だと答えた時、釜男は善良な男なんてつまらないと言っていた。そんなだから男に捨てられるんだとからかったが、今の気持ちはあの時の釜男のそれに似ている。

勝ち続けるだけの男では、つまらない。面白味がない。負けが続いた今の斑目は、なんてそそられるのだろうと思う。

「あなたが、自分の思い通りにコトが運ばずに悔しがってるのって、そそります」

「いい性格だな」

「あなたには、負けますけど」

「お前の作るマティニィが飲みたい」

斑目に言われて初めて、自分の気持ちが動いていたことに気づいた。敗北がこんなにも男を魅力的にしてしまうのかと思うが、勝ち続けてきた斑目だからこそとも言える。そして、斑目のためにカクテルを作る時に感じる高揚を思い出した。戻れと言われずとも、そうするかもしれない。あの気分を忘れられる気がしない。まるで、麻薬だ。

湯月は、観念して言った。

「仕方ないから、帰ってあげます」

斑目の手の熱さに、身を焦がされる。

湯月は、背中に感じる斑目の体温に息を上げていた。

シャツの袖のボタンを外され、そこから手首の内側を指でなぞられながら肘のほうへと愛撫される。ぞくぞくとしたものが込み上げてきて、これだけでも息が上がった。

「ぁ……、……はぁ……っ」

躰が疼いてたまらない。心はもっと疼いていた。この男から逃げ回っていたが、いざこうして捕まると、自分がどれほどこの男を欲していたのか、よくわかる。

斑目を求めずにはいられないのは、躰だけではなく、むしろの心のほうだ。

「お前に、いくらつぎ込んだと思ってるんだ」

「——痛ぅ……っ」

責められ、感じた。自分のせいで斑目が大きな損失を被ることになった事実が、湯月をより深くこの行為にのめり込ませる。

さらにシャツのボタンを外されていき、肩を露《あら》わにされて歯を立てられる。

「ぁ……っく、……自分が、……ぁ……っ、そう、……したかった、から……でしょう」

古びたアパートの一室というのも、興奮の手助けになっていた。

今まで、こんなところで斑目とセックスをしたことなどなかった。いつもは、高級なものが目に入ってくる場所だった。『blood and sand』や、斑目のマンションなど、そこはいつも金の匂いがしていた。斑目の立場を彷彿とさせるものと言えばいいのか。斑目に抱かれながら、斑目らしいものばかりがいつも側にあった。

けれども、今目を開けて飛び込んでくるのは、生活臭のするものばかりだ。どこにでもあるもの。斑目とは、無縁のもの。

一口コンロとくすんだシンクの縁。薄汚れた棚の扉。窓のカーテンはもとからついていた安物で、畳は日に焼け、ところどころささくれている。

部屋の隅に畳んで置いていた布団を、ざっと拡げただけの簡単な場所。ここを斑目が使うなんて、信じられなかった。せんべい布団と斑目という不釣り合いな組み合わせ。

自分を抱くために斑目がこの上に膝を乗せるなんて、信じられない。

「二度と俺を裏切る気が起きないように、一から仕込み直してやる」

「ぁ……っ」

シャツをはぎ取られ、下着だけにされる。

「今度、俺を裏切ったら、コンクリの中に落として固めて海に沈めてやる」

「その時は……また逃げます」

「俺から、逃げられると思ってるのか？」

「思って……、……はぁ……、……ます、よ……、……ぁ……っ」

斑目の愛撫に息を上げながら、なんとかそれだけ言った。

無意識に逃げようとしたが、足首を摑まれて引き寄せられる。手首の内側を愛撫されたように、今度は下着の中に指を滑り込まされた。くすぐったいような、もどかしい快感に襲われて肌がざわつく。斑目の指が触れたところが、次々と熱に感染していくようだ。

「ぁ……っ」

ビキニタイプの下着を穿《は》いていたことを、後悔した。ぴったりと躰にフィットする下着を無理やりずらされているため、窮屈だ。縛られているような感覚にさえなる。斑目もそれをわかって敢えて脱がさないのだろう。

羞恥を煽ることに関しては、天才かもしれない。

「ここを、奴にいじられただろう」

「……何を、今さら……、……ッ、……見てた、じゃ……な……、……ですか」

脱ぎ捨てたスラックスのポケットを探った斑目が、その中からジェルの入ったチューブを取り出すのを、湯月はぼんやりと見ていた。そうしていると、ずらした下着の隙間からチューブを差し入れられ、その口を蕾にあてがわれて中身を注入される。

「……っ、何、隠し持って……、……ぁ」

「黙れ。用意してやっただけでも、感謝しろ」

いきなり、指を埋め込まれた。

「……っふ、……ぅ……く」

濡れた音が、いやらしく聞こえてくる。二本、一本、三本、と次にどの程度の刺激を与えられるかわからず、不意をつかれてときどきビクンと躰が跳ねた。

斑目は容赦なく指で蕾をほぐし、拡げ、さらにジェルを足した。下着に締めつけられ、何本もの指で代わる代わる刺激され、尻が快感に震えた。焦らされるほど、敏感になっていくのが自分でもわかる。

「あの野郎、他人《ひと》のもんに手ぇ出しやがって」

「ぁ……っく、……ふ、……ぁぁあ……ぁ……、……ん……ぁ……あ……」

「俺のものに手を出したことを、後悔させてやる。いずれな……」

沢田に犯されたことに、斑目がこだわっていたとは驚きだった。静かな口調だったが、そこには明らかに怒りが感じられた。

あの場面を見られた時、自分が置かれた状況を呪ったが、今の言葉が聞けただけで相殺できると思ってしまう辺り、相当な物好きだと我ながら呆れる。

「なんだ?」

「……いえ……、ぁ……あ……っ、……ん、……っく」

声を殺そうとするが、斑目はそうさせまいとさらに奥を刺激してくる。シーツに顔を埋《うず》めて声をそれに吸わせようとするが、どうしても漏れてしまう。

「まだだ」

もう、欲しい。斑目が、欲しい。

欲しくてたまらないのに、焦らされる。まるで、これまでの湯月の行動に対するお仕置きのようだ。もしそうなら、今夜はそう簡単に許してもらえないだろう。

焦らされ、悶《もだ》え、求めてもなお、欲しいものを与えてはくれない。

尻がまた痙攣した。欲しがって疼いている。

「欲しいか？」

「……早く、……はや……く、……ぁ……っ！」

「まだだ、湯月」

後ろを嬲られながら、もう片方の手で足のつけ根から脇腹までをゆっくりと撫で上げられる。鳥肌を立てながら手は突起へ辿り着き、見つけたぞとばかりに、きつくつままれた。

「痛っ、……ぁあ」

「こっちを西尾に吸いつかれた時、よがってたな」

上を責められることにより、後ろがより快感に敏感になっていく気がした。下着による締めつけも、さらに強くなる。

「も……勘弁、……してくださ……ぁ、……あ、……下着……伸びますって……」

訴えるが、聞き入れてもらえない。

「今度、縛ってやる」

湯月の本心を見抜いているような言葉に、抗議したことを後悔する。

そうだ。下半身が締めつけられるほど、昂ぶるのだ。縛られているようで、興奮する。

硬く変化した湯月の中心の先端が下着からはみ出しているが、斑目は無理やりそれを中に収めようとする。腰骨の辺りの細い布の下に押し込まれ、ますます中心を紐《ひも》で縛られているような感覚になり、先走りが下着に染みた。

「もっとイイ声で啼《な》いたら、挿れてやるぞ」

「……っく」

ジェルを塗った指で胸の突起を擦られるたびに、下着の中に無理やり収められた中心がひくついてしまい、先端のくびれが布で擦れる。敏感な部分は、それだけでも十分な刺激だ。

「ぁ……あ……ぁ……ぁあ……」

「そのままの格好で待ってろよ」

斑目はそう言い、いきなり立ち上がった。

ギリギリまで煽られた挙げ句、中途半端なまま放り出されてますます躰は貪欲になり、どこに行くのだとその姿を捜してしまう。すると、斑目は冷蔵庫の中からビールを持ってきてプルトップを開けた。一口飲み、ぞっとするような色香を滴らせながら、湯月の尾骨の辺り目がけて中身を零す。

「ぁ……っ！」

冷たさに加え、炭酸が肌の上で弾ける感覚がたまらなかった。尾骨から尻、太股、膝の内側。下半身のあらゆる場所をくすぐられているようだ。さらに、下着が吸ったアルコールが、尿道から体内へ染み込んでくるのがわかる。

なんてことをするのだと思うが、抗議したくなる気持ち以上に悦びが勝っていた。

熱い。

熱くて、たまらない。

「……っあ！」

下着はつけたまま、ずらした隙間から屹立をあてがわれて息を呑んだ。こんな格好のまま繋がるのかと、期待に濡れる自分をどうすることもできない。

斑目が、入ってくる。ゆっくりと、焦らしながら、入ってくる。

「ぁあ……ぁあ、——ぁぁあ……ぁああ……っ！」

最奥まで収められた瞬間、湯月は下腹部を激しく震わせながら白濁を放っていた。こうもあっさりイってしまうなんて、どれほど飢えていたのかと、下着を汚してしまったことを恥じた。

「いい眺めだ」

背後から、含み笑う声が聞こえてくる。

その時、外の廊下で足音がした。隣の部屋の住人が帰ってきたのだろう。それは湯月の部屋の前を通り、隣の部屋の前で止まる。ドアを開閉する音がし、隣の部屋に人が入ったのがわかった。

壁一枚隔てた隣に他人がいる——そう思った途端、乱暴に突き上げられた。

「——あ……っ」

「聞かれるぞ」

忠告しながらも、それを愉しんでいるのは明らかだった。安アパートの薄い壁なんて、斑目にはいい刺激なのだろう。

「……迷惑、ですよ」

「だったら、声を出すな」

尻を両手で摑まれ、さらに奥を責められる。

「ぁあっ、……っく、……ぅ……っく、……んあぁぁ……」

指が痛いほど喰い込んできたが、被虐に目覚めた湯月の躰はそれすらも悦びに変えた。下着に締めつけられながら、浅く、深く、逞しい屹立を出し入れされて身悶える。

「イイ声が出てるぞ。声を出すなと言ったろう？」

揶揄にすら、快感を覚えた。

声を抑えることができない。それなのに、あまりの快感に貪ることをやめられないのだ。尻を突き出し、もっといやらしくかき回してくれとねだってしまう。それをわかってか、より卑猥にグラインドさせて湯月を翻弄《ほんろう》する斑目に酩酊《めいてい》した。

さらに顎を摑まれ、後ろを向かされて口づけられる。

「ぁ……ん、ぅんっ」

濃厚な口づけだった。息が続きそうにない。それでも、求めることをやめられず、互いの腰を押しつけるようにして貪り合う。

「んぁ……、………ふ、……ぁあ……、んぅ……、……ぁ……ふ、……ぅん」

虚ろな目で斑目の表情を眺めていると、斑目は真剣な眼差《まなざ》しで見つめ返してくる。

「俺から、逃げられると……思うな、湯月」

「……だから……逃げ……たく、なったら……、……はぁ……っ、……いつでも……っ」

「こんなにしてやがるのに、俺から逃げるってのか？　欲しくなったらどうする？」

躰で繋ぎ止めようとする斑目に、思わず煽りたい衝動に駆られた。

「……物好きな、奴に……」

「お前みたいに、金がかかる男を、誰が、囲う」

「……沢田」

誘惑に勝てず口にしてしまい、すぐに後悔する。

「——ぁああっ！　……っく、……ああっ」

「いい度胸だ」

クッ、と喉の奥で嗤いながらさらに深く押し入ってくる斑目は、容赦なかった。引きちぎらんばかりに下着の腰の部分に指を入れて引っ張りながら、激しく腰を前後に揺らす。

「本当に、そんなことをしたら、血を、見ることに、なるぞ」

「ぁ……っく、……あ、……っく、……んぁ……っ」

さらに、残ったビールを上から注がれて、湯月は無意識に斑目を締めつけた。液体が躰を伝って落ちる感覚に加え、炭酸の微かな刺激。そして、粘膜から体内に吸収されるアルコール。ますます熱くなる。

「……ぁ、あぅ……、……あ、あ、……んっ、はっ、……あぁ……っ」

折檻するような激しさで腰を打ちつけられて、夢中になった。何も考えられない。肌と肌がぶつかり合う音が、湯月をより浅ましい欲望へとかき立てる。

奥。もっと奥に。

自分の中から湧き出る欲望の声に従い、猫が背伸びをするように尻を高々と上げた。

「イきたいなら、そう言え」

「……ぁあ……、……来て、くださ……、……来て……っ」

懇願すると、さらに激しく責められる。限界はすぐそこだ。迫《せ》り上がってくるものに身を任せ、連れていかれる。

「ぁ……っく、……ぁ……、──ぁぁああ……っ！」

湯月は、絶頂を迎えた。それに合わせるように、斑目が奥で爆ぜたのがわかった。射精に加え、奥を濡らされる快感に膝が震え、尻が痙攣する。自らが起こす痙攣すら、快楽の余韻が残る躰には愛撫のように感じた。

「……あ、──はぁ……っ、……ぁ……、……っ、……ぁ」

脱力したが、すぐに繋がったまま躰を反転させられ、中で斑目が回転する感覚に眉をひそめる。目の前に、斑目の顔があった。微かに息を上げ、目許には興奮の証が浮かんでいる。

斑目のこういう姿は、そそる。

見惚れていると、斑目はゆっくりと覆い被さって体重をあずけてきた。もう一ラウンドやるつもりか……、と思ったが、意外にも動こうとはしない。かといって、湯月の中から出ていこうともしないのだ。

「このまま、寝るつもり……ですか？」

「悪いか」

意外な言葉に戸惑いながらも、そっと背中に腕を回した。しっかりと筋肉のついた逞しい

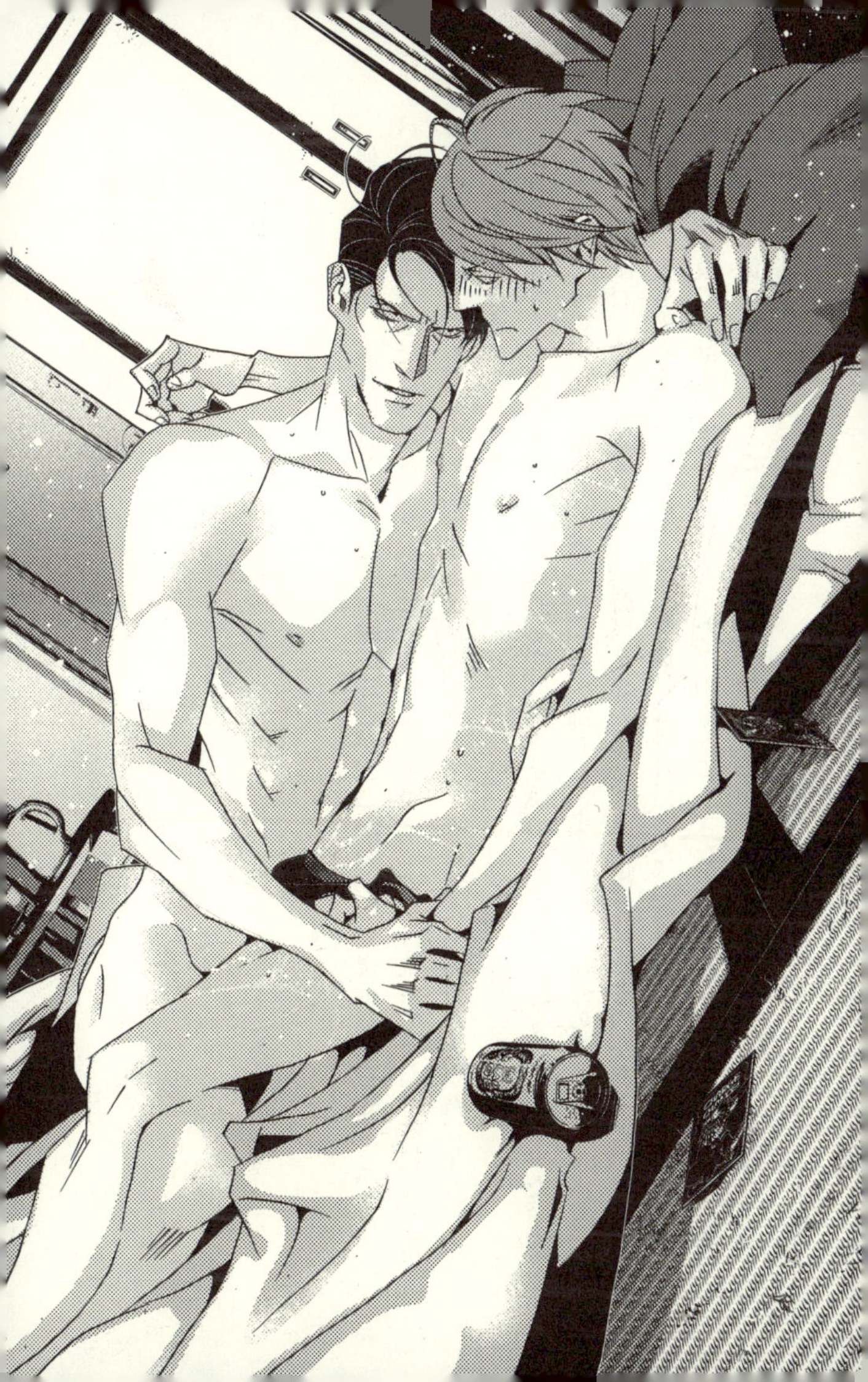

躰を確かめるように触れる。

心地いい時間だった。


何かの物音に、湯月は目を開けた。一瞬、ここがどこかわからず視線を巡らせると、安アパートの布団の上だとわかる。シーツはくしゃくしゃで部屋の中は荒れていた。空になったジェルのチューブも落ちていた。全部使ったのか……、と自分たちの行為の痕跡《こんせき》に呆れ、人の気配のするほうに目をやる。

斑目が全裸で窓の下に座り、窓枠に肘をかけて外を眺めながらタバコを吹かしていた。満足したのか、その横顔は静けさを纏っている。乱れた前髪だけが、ほんの少し前まで湯月と貪り合った証だ。灼熱に包まれていた時間を思い出し、まだ奥に燻るものがあると感じる。

覆っているものをすべてはぎ取っても、斑目は斑目だった。高級なスーツも、目が飛び出るような値段の時計も、磨かれた靴も、ただの飾りにすぎない。そんなものがなくとも、その魅力が半減することはなかった。むしろ、飾るものが何もないからこそ、斑目の持つ本来のものが露呈してしまう。

普段からこうも牡のフェロモンを振りまかれては、たまらない。高級なもので武装してくれていて、よかったと思った。

「なんだ？」

いつから湯月の視線に気づいていたのか、斑目は外を眺めたまま短く言った。どんな時も油断できない人だと思いながら、感じたことを素直に口にする。

「あなたが……こういう部屋に、いるのが、不思議だなと思って」

斑目が、こちらを見た。

「安アパートに住んでたことって、あったんですか？」

「組に入りたての頃はな……」

言って、斑目はタバコを口に運んだ。開けた窓の隙間から、煙が逃げていく。

「どうしてそんなことを聞く？」

「想像、できないから……ですかね」

出会った頃はすでに何人もの舎弟を従えていたため、そんな時期があったなんて信じられないが、斑目にも下っ端の時はあったのだ。上の人間に顎でこき使われていた時代。

それと同じように、ヤクザになる前もあった。学生の時代があり、子供だった時代があった。

斑目も無垢《むく》な子供だったのだろうか。

想像すると、少し笑えた。

「明日から店に出ろ」

「ここまで酷使しといて、それはないんじゃないですか？」

「旨い酒が飲みたい」

「俺じゃなくてもいいでしょう？　谷口さんもいるし、シェイカーも自分で振れるんですし
……。そういえば、誰に教わったんです？」

ずっと聞いておけばよかったと思っていたことを口にし、返事を待つ。

「女に教わった」

「つき合っていた人ですか？」

「いや。幸司に惚れてた女だ」

あまりにもサラリと言うものだから、驚いて斑目を凝視した。

黙っていればわからないのに、敢えて口にするなんて損な男だと思った。だが、隠さないところも、また魅力だ。負けを隠すようなけち臭い男なら、これほど長い間囲われてはいなかった。

おそらく、シェイカーの振り方を教えてくれた女に惚れていたのだろう。これまでに聞いた兄弟関係から、何があったのか大体のことは想像できる。

「へぇ」

心が躍り、ついそれが声に出てしまう。

また一つ、知った。

斑目の敗北。

悪くない。

隠すことを潔しとしないところも、いい。

負ける姿が魅力的な男なんて我ながらタチが悪いと思いながら、もっと斑目を見ていたいと思った。もっと、この男を見てみたい。出世していく姿。負ける姿。

組のトップに躍り出るまでに、何度敗北を味わうのか。辛酸を舐める日は来るのか。再起不能になるほど、ボロボロに負ける日は来るのか。

どうなるのか、この目で確かめるのが愉しみでならない。

「今度は、俺がステアを教えてあげますよ」

「お前がいるんだ。覚える必要はないだろう」

「逃げたくなったら、また逃げるって言ったでしょう」

「逃がすと思ってるのか?」

「やってみないと、わかりませんよ」

「自信満々だな。だが、次はない」

「そうですかね」

湯月は、このやりとりを愉しんでいた。そして、斑目もまた同じだと感じる。

「その自信はどこから来る？」

「このところのあなたは、負けが込んでるので……」

挑発的に言うと、斑目は半分ほど吸ったタバコを灰皿で揉み消した。そして、獣が足音を忍ばせて獲物に向かうように、近づいてくる。

不敵に浮かぶ笑みを見て、自分の身に迫る危機にようやく気づく。

少し、調子に乗りすぎた。

「……冗談、ですよね」

にじり寄ってくる斑目を見ながら、思わず後退《あとずさ》りをした。まだ下半身が重く、素早く動くことができない。

「軽口を叩く余裕はあるようだな」

「――っ！」

足首を摑まれるなり引き寄せられ、脚を大きく開かされる。

チラリと舌先を覗かせながら自分を見下ろす斑目の表情に、マゾヒスティックな悦びを感じ、危機感が一気に高まった。

「そんな口が叩けないようにしてやる」

「ちょ……、……勘弁、……し……、……んぅ……」

タバコの味のするキスで、第二ラウンドが始まった。

飛行機雲が、空を東西に分断するように長い尾を引いていた。紅葉の季節は空を見ているだけでも気持ちよく、心が軽くなる。

湯月はタクシーを降りると、白い建物のほうへ向かって歩いていった。中に入ると、エレベーターで目的の階へ行き、ナースステーションを素通りする。聞いていた部屋の番号を捜しながら奥に進んだ。

通い慣れたところではなく、馴染みのない場所だ。けれども、訪ねる相手は今までと変わらない。ドアの向こうには、大きなベッドがあってノーメイクの釜男が寝ているはずだ。

ノックを二回。

再びこうして病室のドアを叩くことになるなんてと、信じ難い思いに囚われながら返事を待つ。釜男の声が聞こえてくると、ドアをスライドさせた。

「よ」

「あら、亨ちゃん！」

湯月の顔を見るなり、釜男は嬉しそうに顔をほころばせた。ノーメイクの釜男は見慣れていたが、こうして会うのは久し振りだ。

転院のための手続きは、斑目の舎弟がしてくれた。最初に話を持っていったのは指原で、突然のことに釜男はなかなか信じようとしなかったという。

それも当然だ。湯月の居場所を捜しに来たヤクザが、今度はトップクラスの専門医と病院を紹介してやると言いに来たのだ。はじめは何かの詐欺だと思い、警察を呼ぶと騒いだらしいが、湯月からの電話でようやく信じてくれた。

なぜ、最初から湯月が釜男に会って説明しなかったのかというと、単に会い辛かったからだ。あんなふうにさよならを言った手前、気恥ずかしかった。

「やっと来てくれた」

優しく微笑んでいるが、待ちくたびれたという不満を少しだけ匂わせている。

「忙しかったんだよ」

「そう」

「手術、決まったんだってな」

「ええ。亨ちゃんのおかげ。病室もＶＩＰ専用みたいに広いんだもの。こんなオカマには勿体ないわ」

「あの人の金だ。使いまくっていいんだよ」

わざとそんなふうに言うが、逆効果だったと悟る。憎まれ口を叩くほど、本音を探られるに決まっている。

(しまったな……)

釜男がニヤニヤ笑いながら自分を見ているのに気づき、急に恥ずかしくなった湯月は視線を窓の外にやった。そして、前髪を乱暴にかき上げる。沈黙をなんとかしたいが、話題は何も見つからなかった。

何か話さなければと思うが、焦るほど何も出てこなくなる。もともと、そんなにべらべらしゃべるほうではないのだ。

しばらく耐えていたが、根比べのような時間はすぐに終わった。

沈黙を破ったのは、湯月のほうだ。

「なんだよ?」

チラリと視線をやると、先ほどよりもずっと意味深にニヤついている。

「もう会えないんじゃなかったの?」

そら来た……、と湯月は想像していた釜男の言葉に、何も言い返せなかった。答えるのを放棄するが、釜男のニヤついた顔が視界の隅に映っていて、鬱陶しい。しばらく無視していたが、黙っていると余計にその視線を感じてしまうのだ。どうしようもない。

「逃げるって言ってたのに」

「捕まったんだよ」

「無理やり連れ戻された？」

「どうでもいいだろ」

「裏切ったって言ってたわよね。でも、ちゃんと生きてるじゃない」

「まぁな」

「どうして？　ヤクザって裏切り者にはすごい制裁を加えるって思ってたのに」

「いろいろあるんだよ」

「ふぅぅぅぅぅ〜〜〜〜〜〜ん」

　ますます調子づく釜男に、ここにいるほど状況は悪化すると思い知るが、そそくさと退散すると次にまた何を言われるかわからない。八方塞がりだ。

「ねぇねぇ、いろいろって何？」

「いろいろだよ」

「だからいろいろって何よ？」

「なんでもいいだろ」

「喧嘩の後のエッチって、燃えるのよね〜」

「あんまりからかうと、もう来ないぞ」

　最後の手段とばかりに冷たく言うが、それすらも釜男を止めることはできなかった。

「あら。亨ちゃんは来てくれるわ」

「なんでそう言い切れるんだ？」

「だって、優しい男だもの。寂しがるあたしを一人になんてしないもの」

「それは脅迫って言うんだよ」

「今度はカレシと一緒にお見舞いに来てね。ほんと、イイ男だったわ。悪党って感じで、思い出しただけでもカウパー出ちゃいそう〜〜〜〜っ」

「調子に乗るな」

湯月の言葉に、釜男は「うふふ」と笑った。そして、笑顔のままサラリと呟く。

「あたし、本当に助かるかしら」

その瞳に浮かんだのは、ほんのわずかの愁《うれ》いだった。不安なのかもしれない。たとえどんな名医でも、手術を受ける本人にしかわからない気持ちがあるのだろう。

「助かるに決まってる。お前みたいな奴が助からない世の中なんて、存在してる意味がないよ。だから、お前も助かるって信じろ。ステージに立つ時は、見に行くからな」

湯月の言葉を心強く感じたのか、先ほど浮かんだ表情はもう消えていた。いつもの表情に戻った釜男は、顔の前で指を組んでうっとりと上のほうを見上げる。

「そうね。『希望』のあったビルも買ってもらったんですものね。聞いたわよ。スケールが大きすぎて、ついていけないわ」

「俺もだよ。だけど、貰うつもりはない。与えられて手に入れるもんじゃないしな。いつか、自分の力で手に入れる。いつかな……」

釜男は嬉しそうに笑った。

「その時は、フェニックスが飲みたいわ。亨ちゃんが作るフェニックス。それを飲んでから、あたしも不死鳥のように舞台に戻るの。こう、ほら。こんなふうに……。ここのところに薄いヴェールが広がっているような衣装を着るのよ」

両手を羽のように拡げ、羽ばたくさまを表現する釜男は、生き生きしていた。

夜の街でしか生きられないが、夜の住人にも、夢はある。

「本当に観《み》に来てよ。絶対に、絶対によ」

「ああ」

「カレシと一緒に来てね」

「ああ」

「えっ、ほんとっ⁉」

「ああ、約束する」

あっさりとそう言ったのは、釜男がそう望むなら応えてやりたいと思ったからだ。

もうなんでもいい。

それから十分ほど話をしてから、湯月は軽く手を挙げて病室を出た。釜男のはしゃぐ姿に、心が軽くなった気がして、自然と足取りが軽くなる。外に出ると青空が広がっていて気持ちよく、タクシー乗り場を素通りして駅に向かった。

病院の敷地を出てすぐ、ポケットの中で携帯が鳴る。斑目からだ。

『湯月か。俺だ』

「こんな時間にかけてくるなんて、めずらしいですね。何してるんですか？」

『お前の背中を見ている』

振り返ると、斑目の乗った車がゆっくりと近づいてきた。黒光りするいかにもヤクザらしい車は、快晴の空の下では胡散《うさん》臭く見える。

「見舞いか？」

「ええ。あなたも？」

「あんなオカマを見舞うほど暇じゃない。たまたま通りかかっただけだ」

「冗談ですよ」

「お前が冗談を言うなんてな。乗れ」

ドアが開き、湯月は素直に躰を滑り込ませた。フィルム越しに窓の外を眺めても、晴れすぎているほど快晴なのがわかる。

「今度、一緒に見舞ってくださいよ」

「どうして俺が死に損ないのオカマを見舞わなきゃならないんだ」

相変わらずの言いようだが、今は何を聞いても気分がいい。

「約束したんで」

斑目は鼻を軽く鳴らした。

「今夜、店が終わったら行く。俺が行くまで待っていろ」

そうするのが当然という態度は相変わらずで、湯月は斑目の横顔を一瞥してから言った。

「わかりました。極上のマティニィを飲ませてあげますよ」

あとがき

愛してシリーズスピンオフ。斑目克幸編でございます。お久しぶりーふ。

あとがきが苦手でして、ついこんなくだらないことを書いて行を埋めようだなんて考えてしまいます。イカン。書き出しからして滑っておる。

克幸編は、以前より読者さんからリクエストが多かったです。書かせていただくことができて本当に感謝しております。読者さんの支えがあってこその作品です。それだけ期待も大きいだろうと思うと、ちょっとドキドキしていたりラジバンダリ（これ別のあとがきでもやったな）。

克幸の相手は、双葉だと思っていらした方も多かったと思います。ですが、私の中で双葉はパパなので、しばらく恋愛とは無縁の生活なのです。なんだかんだモテたりしても、結局誰のものにもならない魔性の男なのです（ええ、双葉は結構モテると思います。しかも、野郎どもに……）。

ちなみに、湯月は初登場の時から克幸の相手だと思って書いていました。ヤクザとバーテン。大好きなカップリングです。どんなタイプかも頭の中ではできておりまして、本編を書きながら湯月妄想を繰り返していたという。がっつり書くことができて満足でございます。湯月にはまだ明かしていない過去がありまして、『希望』を失った直後から数年間何をしていたかというと……なんて設定もあります。こういうのを考えるのも、また楽しいです。そして今回。またオカマを出してしまいました。脇役にオカマ。あんたも好きねと言われそうですが、好きなものを存分に書くやり方が自分に合っていると思うので、趣味丸出しでこれからも突き進んでいこうかと思います。

それでは、挿絵を描いてくださった奈良千春先生。今回も素敵なイラストをありがとうございました。拙い作品に華を添えていただき、感謝しております。

そして担当様。産休明けで育児と仕事の両立で大変な中、ご指導ありがとうございます。働くママは大変でしょうが、これからもよろしくお願いいたします。

最後に読者様。この本を手に取っていただきありがとうございました。克幸編はどうでしたか？　よろしければ、感想などいただけると嬉しいです。

中原　一也

中原一也先生、奈良千春先生へのお便り、
本作品に関するご意見、ご感想などは
〒101-8405
東京都千代田区三崎町2-18-11
二見書房　シャレード文庫
「愛しているはずがない」係まで。

本作品は書き下ろしです

CHARADE BUNKO

愛《あい》しているはずがない

【著者】中原一也《なかはらかずや》

【発行所】株式会社二見書房
東京都千代田区三崎町2-18-11
電話　03(3515)2311[営業]
　　　03(3515)2314[編集]
振替　00170-4-2639
【印刷】株式会社堀内印刷所
【製本】ナショナル製本協同組合

落丁・乱丁本はお取り替えいたします。
定価は、カバーに表示してあります。

ISBN978-4-576-15088-8

http://charade.futami.co.jp/